⊥ 1·75
——
36

CW01431016

Antonio Dikele Distefano

NON HO MAI AVUTO LA MIA ETÀ

MONDADORI

Questo libro è un'opera di fantasia. Personaggi e luoghi citati sono inven-
zioni dell'autore e hanno lo scopo di conferire veridicità alla narrazione.
Qualsiasi analogia con fatti, luoghi e persone, vive o scomparse, è assolu-
tamente casuale.

A librimondadori.it
anobii.com

Non ho mai avuto la mia età
di Antonio Dikele Distefano
Collezione Novel

ISBN 978-88-04-70214-6

© 2018 Mondadori Libri S.p.A., Milano
I edizione maggio 2018

NON HO MAI AVUTO LA MIA ETÀ

A Meraviglia e Stefi

"If a white man wants to lynch me, that's his problem. If he's got the power to lynch me, that's my problem. Racism is not a question of attitude; it's a question of power."

STOKELY CARMICHAEL

SETTE ANNI

1

Nel quartiere dove vivevamo ogni famiglia aveva almeno un figlio. I miei coetanei avevano tutti un fratello o una
sorella e solo i miei compagni di classe italiani benestanti
erano figli unici. Il pomeriggio, dopo la scuola, ci incontravamo tutti per due ore al parco e le altalene e gli scivoli si
riempivano di bambini entusiasti che alimentavano l'im-
menso baccano che travolgeva l'ordinario e le regole di condominio che pretendevano il silenzio per gli anziani inten-
ti a riposare. Di solito ci andavo anch'io e mi confondevo
tra i miei coetanei e le loro madri sedute sulle panchine. A
volte però preferivo restare a casa a guardare la televisione. Occupavo il salotto e seduto a terra guardavo Holly e
Benji e Yu Yu Hakusho. Stefania, mia sorella, mi prendeva in giro: "Quando ti arrabbi tu sei più brutto di loro".
"Ma come fa il pallone ad andare così in alto?" chiedeva.
In quei pomeriggi, anche se ero nell'altra stanza, ogni volta che mia madre sentiva passare un'ambulanza, a morire
per lei ero sempre io.
    Le case popolari affacciavano tutte su una strada. Il quar-
tiere dove vivevamo era un'unica lunga via. Le auto si man-
giavano i marciapiedi e il tempo aveva lesionato i muri lasciando spoglie le travi. Dalla mia finestra vedevo colonne
di balconi in ferro battuto che nelle giornate di pioggia si
riflettevano sulla strada. Il regresso che riempiva gli spazi
e le distanze tra una via e una vita e l'altra era prima di tut-

to una galleria spontanea di una mostra che non avevamo scelto. Non facevamo parte di nessun patrimonio culturale anche se tutti uscivamo di casa vestiti al meglio.

È umiliante essere poveri, essere etichettati come assistiti. È umiliante rendersi conto che tua madre mente, mentre parla degli abiti che indossi, che non è vero che oggi siamo usciti di fretta ed era tutto a lavare.

È umiliante avere sempre dopo le cose che desideri, riceverle in regalo quando non le vuole più nessuno. La cosa peggiore di non avere nulla è non avere sicurezze e se mio padre fosse stato ricco con i suoi soldi ci avrei coperto le mie paure.

Mia madre era convinta che nella vita ogni cosa avesse un senso, che tutto fosse giusto perché era Dio a volerlo. "Fuori ci sono tantissime persone che stanno meglio di noi, ma che non hanno nessuno con cui condividere la loro fortuna", "i tuoi compagni di classe hanno quello che tu adesso mi chiedi, ma loro forse non hanno i genitori, non hanno una sorella come quella che hai tu", "ama la persona che sei e dà valore a ciò che hai, perché non tutti i soldi valgono davvero quello che sono" mi diceva guardandomi dall'alto. Mentirei se dicessi che lei non mi ha fatto mancare nulla. Mia madre mi ha fatto mancare tutto insegnandomi che la vita coglie di sorpresa chi ha avuto un'infanzia felice.

2

I miei genitori si separarono perché nostra madre aveva tradito papà. Si urlavano addosso nello spazio di una stanza divisa dal letto matrimoniale cose più grandi di noi che non riuscivamo a capire. Stavano uno di fronte all'altro, davanti alle finestre, ai margini di tutto, rinfacciandosi ogni cosa. Mamma rispondeva piena di rabbia "ti ho amato più della mia vita" quando papà l'accusava del contrario. Tra i miei genitori non c'era più nulla, era evidente. Dormivano lei nella stanza e lui in macchina, da tempo. Ma non è stato il tradimento a separarli: una persona riesce a intromettersi in una relazione solo quando una coppia è già finita.

Mamma a volte provava un senso di colpa cristiano. Pregava in ginocchio, in continuazione, con il cuore che batteva forte. Una parola dopo l'altra con il solo fine di essere perdonata. Non si sentiva in difetto nei confronti di nostro padre, ma nei confronti di un Dio che sin da piccola, attraverso gli uomini di chiesa, le aveva detto che una donna sposata aveva l'obbligo di restare al fianco dell'uomo che l'aveva portata all'altare. Papà la guardava dalla cucina e a noi diceva sempre "Dio per gli esseri umani è solo il desiderio di non essere del tutto soli".

In quel periodo, di pomeriggio, dopo la scuola, io e mia sorella preferivamo non stare a casa. Avevamo il coprifuoco alle 19 e fino a quell'ora restavamo con le ginocchia sull'asfalto a disegnare con i gessetti colorati linee e soli gialli.

Uscivamo perché il nostro salotto era piccolo e le persone che avrebbero dovuto proteggerci non facevano altro che scontrarsi in quello spazio dove si soffocava quando eravamo in tre sul divano. Casa era talmente piccola che avevamo il frigo in salotto vicino al televisore e di notte, per dormire, mettevamo per terra i materassi perché non avevamo una stanza tutta nostra.

Uscivamo senza fare rumore e quando ci chiudevamo la porta alle spalle, Stefi spesso se ne andava con Manuel, il suo ragazzo. Non mi portava mai con sé, mi sorrideva, da lontano mi urlava "ci vediamo dopo" e io l'aspettavo per interi pomeriggi di fronte a casa, seduto sul marciapiede, a guardare le scavatrici immobili con le bocche in aria, che avrei voluto usare per rifarmi una vita migliore.

Mi piaceva ascoltare gli anziani seduti sulle panchine davanti a casa nostra. Senza guardarli vagavo tra i loro discorsi e provavo a immaginarli da giovani. Poco più in là c'era un giardinetto alberato dove giocavano i bambini e io rimanevo seduto sul marciapiede a osservarli mentre si divertivano.

Nella vita ho sempre atteso che fossero gli altri ad accorgersi di me, a volermi nella loro squadra. Passavo davanti a loro mentre giocavano e aspettavo che mi chiedessero qualcosa. E quando questo accadeva però mi rendevo conto che non riuscivo a ridere delle loro battute, a essere simpatico per forza. Mentre provavo a tenere in piedi un discorso, sentivo che non ero me stesso e che mi stavo sforzando. Consapevole di non essere come gli altri, iniziai a declinare sempre qualsiasi invito. Non riuscivo a entrare nelle loro conversazioni e loro nella mia vita. Quando mamma se ne accorse, iniziò a prendermi per mano e a trascinarmi in mezzo ai gruppi di bambini che giocavano a calcio o che si rincorrevano urlando. Li fermava e chiedeva loro di giocare con me. Mi nascondevo dietro di lei e li fissavo nello spazio tra il braccio e le costole.

"È di poche parole, ma è simpatico" diceva.

Avevo voglia di parlare con qualcuno che non mi chiedesse perché non aprissi bocca.

Nel tempo, poi, si accorse che il suo metodo non funzionava e smise di incoraggiarmi. "Preferisce stare da solo, lui" diceva, "mio figlio è un solitario." Mi ferivano le sue parole, perché era mia madre e non si era accorta che io avevo scelto la solitudine per non sopportare ogni volta la sensazione che si prova quando, in mezzo a un gruppo, ci si rende conto che in fondo non si ha nulla da dire.

3

Eravamo seduti sulle panchine che guardavano i giardini. Da lontano si iniziava a sentire il fragore dei cassonetti ingoiati dai camion dell'immondizia. Stefania guardava lontano, sulla pelle si posava il caldo delle prime giornate estive e io indossavo i pantaloncini, mentre lei aveva un paio di jeans e una camicia che prima era stata di nostra madre. Tutti nel vicinato avevano già lasciato delle sedie di plastica fuori casa per quando sarebbe arrivata davvero l'estate e avrebbero iniziato a stare all'aperto, a parlare e a giocare a carte fino a tardi.

«Hai capito cosa sta succedendo alla nostra famiglia?» mi domandò.

Sentivamo il rumore del televisore da dietro la porta che separava la strada dal soggiorno.

«Cosa sta succedendo alla nostra famiglia?» le chiesi.

Continuava a guardare lontano, sembrava triste. Più degli altri giorni.

I rumori dei camion si fecero più vicini, finché non arrivarono da noi, operosi nell'agganciare i cassonetti ai bracci meccanici e svuotarli nel minor tempo possibile. Mia sorella li guardò per un po', poi si voltò verso di me. «Lo capirai presto cosa sta succedendo alla nostra famiglia.» Si alzò in piedi e si diresse verso casa senza aggiungere altro. Forse stava piangendo. Aveva già capito che papà se ne sarebbe andato e che nella vita non puoi costringere una persona a farti da genitore.

Mia madre ribadiva, senza paura che la potessimo sentire, che aveva bisogno di un uomo vero. "Ho fatto bene" urlava sbarrando gli occhi quando, discutendo dell'accaduto con papà, si sentiva dare della troia. Non vedendola minimamente pentita, lui chiese la separazione immediata e se ne andò senza curarsi di noi, come se la sua assenza non prevedesse la nostra sofferenza.

Ricordo perfettamente quella sera. Non capivo davvero cosa stesse accadendo, ma ugualmente sentivo un dolore forte al petto. Sembrava quasi che i nostri genitori non avessero figli, che si fossero conosciuti la sera prima e si fossero accorti solo al risveglio di aver fatto un errore. Lasciarsi a volte è giusto, ma loro si comportavano come se andarsene per seguire la propria felicità bastasse a giustificare tutto. Mio padre è stato il primo sacrificio che mi ha imposto la vita, la mia prima improvvisa tristezza.

Non ho pianto. Mi si è chiuso lo stomaco, ma non ho pianto quando, nascondendosi dietro una normalità fatta di saluti, papà ci ha lasciato. A sette anni la vita mi aveva già insegnato che le persone possono decidere di non portarti con loro. Che chi può andarsene, spesso lo fa, e io per non trovarmi nuovamente vulnerabile ho smesso subito di lottare per farle restare. Ho scelto di amare solo mia sorella e di diffidare dalle amicizie. Andavo in giro convinto che tutti fossero felici eccetto noi e quando papà ci lasciò iniziai a pensare che tutti avessero un padre tranne me. Alcune persone portano via la felicità quando se ne vanno, portano via la normalità. Sentivo di non essere più in grado di fare niente, come se di colpo avessi disimparato a camminare, a mettere un piede dietro l'altro.

OTTO ANNI

4

Di lì a poco venne a vivere a casa nostra il fidanzato di mamma. Io ero convinto che lei stesse sbagliando, che noi tre insieme avremmo potuto fare qualsiasi cosa. Che il nostro amore valeva più di tutto quello che non avevamo e non potevamo permetterci. L'idea che mia madre potesse amare quella persona per me era incomprensibile. Mario, il suo compagno, era un uomo sulla sessantina che portava bene i suoi anni, non molto robusto con una leggera calvizie al centro della testa che copriva portando indietro i capelli. Non era un bell'uomo, aveva modi autoritari, mentre mia madre con lui era sempre gentile.

Mario non voleva averci vicino, non voleva averci in casa. Quando giocavamo in salotto lui ci chiamava "gli zingari" e mamma serissima ci chiedeva subito di smettere. A Mario non piacevano i neri, gli immigrati. A lui piaceva nostra madre. I suoi seni, il suo sedere tondo, lo si capiva da come la guardava ogni volta che lei gli passava davanti. Staccava gli occhi dal televisore e si mordeva il labbro. Mamma lo faceva sentire virile e nel suo sguardo non c'era amore ma ben altro. Anche davanti a noi la toccava, mentre si piegava per aprire il forno o per raccogliere qualcosa, lei ridendo gli chiedeva di fermarsi e ci guardava con un velo di imbarazzo. Per anni avevamo visto i nostri genitori quasi evitarsi. Il sesso era un argomento inaffrontabile in famiglia. Nostro padre, quando guardavamo la televisione tutti insieme e due persone si baciavano, cambiava immediatamente canale senza commentare. Io e mia sorella ci scambiavamo una rapida occhiata e ridevamo infilando la testa sotto la maglia del pigiama.

Io non ho mai visto i miei genitori baciarsi.

Mario era per il lavoro prima agli italiani, per la cittadinanza solo ai figli di chi aveva combattuto in guerra, per la Bossi - Fini e il pugno di ferro contro chi non voleva integrarsi. Davanti al telegiornale, si lasciava coinvolgere da quei servizi che trattavano l'immigrazione come una questione di ordine pubblico e mia sorella si agitava sempre quando capitava. Bisbigliava cattiverie raccolta tra le sue braccia conserte. Lo faceva sottovoce, poi si alzava in piedi e usciva, sbattendo la porta.

Una sera non riuscì a trattenersi.

«Se li odi così tanto i negri cosa ci fai qui?» gli urlò.

Mario si voltò verso di lei e le disse di sedersi e stare zitta, ma Stefania continuò a parlargli sopra.

«Io sono una negra! A scuola me lo dicono tutti, tu cosa ci fai qui? Cosa vuoi da noi?»

Mario si alzò di scatto dal divano e le diede uno schiaffo. Non ci pensò un attimo. Lo fece e basta. «Devi imparare a stare zitta» le urlò.

Stefania sconvolta rimase a guardarlo afferrando con due mani la guancia, come a cercare di tenere insieme il volto. In quel momento si rese conto di quanto fosse friabile la durezza che aveva ostentato.

Stefi abbassò lo sguardo e si diresse in bagno. Resto lì trenta minuti, finché mamma non la costrinse a uscire e ad andare a letto. «Così impari l'educazione» disse prima di spegnere la luce e darle uno schiaffo leggero sulla nuca. Stefania pianse tutta la notte. Non per il dolore, ma perché si aspettava che mamma l'avrebbe difesa.

Nella nostra infanzia, tante cose che ci sembravano ingiuste forse non lo erano. Forse avrebbero dovuto farci crescere. E noi, in quest'ottica, abbiamo sempre interpretato l'irresponsabilità delle persone che ci avevano cresciuti a turno come una sfida.

Tempo prima, quando c'era ancora nostro padre e c'eravamo trasferiti da poco, la prima volta che andammo a giocare a casa dei nostri coetanei bianchi, lei ci fermò davanti alla porta, ci sistemò il colletto della giacca e ci disse: «Mi fa piacere che avete degli amici nuovi, ma state attenti però. I bianchi nei neri vedono sempre qualcosa di cattivo».

NOVE ANNI

5

Quell'uomo che da un momento all'altro si era impadronito di casa nostra diceva che io e Stefania gli ricordavamo nostro padre e in poco tempo riuscì a convincere nostra madre a cacciarci. Lei ci fece le valigie a nostra insaputa e ci disse all'orecchio che per raggiungere papà saremmo partiti in treno.

«Andate via tra una settimana» disse toccandoci i capelli e baciandoci sulla fronte. Ricordo che in quei sette giorni prima di partire, il sole scoppiava come granate e io ridevo sempre. Non perché ero felice, ma perché ridere faceva rumore. Era un'arma che utilizzavo per attirare l'attenzione e insieme distoglierla da ciò che ero e da come mi sentivo, dal bambino pieno di problemi, che indossava sempre gli stessi vestiti in classe e che si fingeva felice e disinvolto per coprire tutto il resto. Soffrivo ogni volta che rientravo a casa, per me e per i miei genitori, convinto di essere effettivamente colpevole di qualcosa e che quella fosse la ragione per cui stavo male. Per non pensare, scrivevo su fogli di carta sdraiato per terra favole di poche righe che finivano sempre con un viaggio, con qualcuno che andava via, in un posto più colorato.

Quando mia madre ci accompagnò al treno, le sorrisi dal finestrino. Lei stava lì a guardarci in mezzo alla banchina deserta con le braccia lungo i fianchi e la borsa in mano, vestita come nelle grandi occasioni. Prima che il capotreno decidesse che era giunto il momento di partire, lei si era già diretta verso le scale e senza voltarsi più da lì a poco era sparita.

«Non tornerà, è inutile che la cerchi» commentò mia sorella. Io non ero ancora riuscito a sedermi e guardavo fuori con i palmi poggiati sul vetro. Toccavo per finta un'immagine che ora era solo nella mia mente, come i visitatori e i carcerati.

«Lo so» risposi con un filo di voce.

In realtà non sapevo niente. Non sapevo che la tristezza era un fatto di sottrazione numerica, che io per mia madre ero stato sacrificabile. Mi sentivo come se mi avesse tolto un pezzo andandosene così.

Mi aspettavo almeno che mi salutasse, che provasse a illudermi, ma così non fu. Scelse la via più semplice: quella di lasciarmi crescere, senza guardarmi.

«Non devi aspettarti niente» disse al telefono una signora anziana seduta di fronte a noi. Aveva il posto vicino al finestrino e una camicia color crema. Guardava fuori mentre parlava e si voltò verso di noi solo per un breve istante, sorridendomi. I miei genitori mi avevano ripetuto più volte "non si ascolta quando gli altri parlano al telefono", ma io non riuscivo a fare altrimenti. La sua voce era chiara e potevo sentire perfettamente e senza sforzo ciò che diceva. Mia sorella dormiva e io a ogni fermata le battevo un colpo sul braccio per avvertirla perché avevo paura fosse la nostra, ma lei non apriva gli occhi. La notte prima era stata fuori fino a tardi con i suoi amici e Manuel. E la mattina aveva fatto fatica ad alzarsi.

Quella signora anziana raccontava una sua esperienza passata: aveva prestato dei soldi a una persona che poi non glieli aveva restituiti e non l'aveva aiutata quando aveva avuto bisogno.

"Non bisogna mai aspettarsi niente, quindi?" mi chiedevo mentre il treno stava ormai di nuovo correndo. Non riuscivo a trovare una risposta, sentivo solo muoversi dentro di me tutte le speranze mal riposte, la voglia che alla fine di quel viaggio, ad aspettarci, insieme a nostro padre ci fosse una vita migliore.

6

«Non fa sempre così freddo» spiegò papà mentre attraversavamo per la prima volta via Tommaso Gulli in macchina. Era venuto a prenderci in stazione, ci aspettava sulla banchina con in mano due cappotti dello stesso colore e taglia, come se io e mia sorella fossimo la stessa persona. Mentre gli andavamo incontro, incerti, a passo goffo, intralciati dalle valigie, mi accorsi che non era solo. Con lui c'era un uomo sui quarant'anni, i capelli neri appena brizzolati e non molto robusto.

«Lui è zio Thierno» ci disse papà. Poi ci baciò sulle guance.

La prima cosa che pensai e che non ebbi coraggio di chiedergli fu perché non era venuto a prenderci da solo.

Nostro "zio" portava un pezzo di legno in bocca che si passava sui denti con le dita, guidava una Fiat Punto rossa del 1992. Lo so perché me lo disse lui, un po' come a giustificare le ammaccature sugli sportelli e i sedili sgualciti e un po' come a dire che presto l'avrebbe cambiata. Mentiva, quell'auto molto probabilmente era l'unico oggetto di valore in suo possesso. Avevo imparato a smascherare le menzogne crescendo con mia madre che è sempre stata una bugiarda seriale. Mamma mentiva solitamente a se stessa, raccontandosi storie che poi ripeteva come se fossero vere, mentendo così anche agli altri.

In macchina c'era un forte odore di incenso, quello che usano i senegalesi, e nei posti dietro dove eravamo seduti c'erano quattro bottiglie d'acqua consumate a metà, un paio di scarpe da lavoro, quelle con la punta di ferro, e un giubbino catarifrangente arancione. Tenevo le mani sulle ginocchia e la cintura stretta al petto mi impediva i movimenti.

Thierno non era nostro zio di sangue, lo capimmo subito perché non parlava il lingala. E poi era troppo più scuro di noi per essere un parente di papà. Nella nostra cultura il concetto di famiglia è però molto più allargato di quello dei bianchi. Da noi è la comunità a crescerti, non il singolo individuo. È tuo parente chi ti vuole bene, chi ti dà una mano o anche solo un passaggio in stazione e noi eravamo stati educati così, chiamando "zio", "nonno", "cugina" persone di cui non sapevamo nemmeno il nome. Quell'uomo che ci stava portando a casa, e che si voltava a ogni semaforo rosso per cercare di fare conversazione, era senegalese. Lo dicevano l'odore e il suo accento. I senegalesi hanno una pelle più nera della nostra mentre noi ci contraddistinguiamo per il naso grosso. Me l'ha insegnato la vita, quando per strada cercavo di notare le differenze evidenti tra gli africani. Perché non siamo tutti uguali come volevano farmi credere i bianchi quando mi dicevano che somigliavo a un loro amico o vicino di casa solo perché era nero.

Erano cadute le prime foglie e in televisione qualche giorno prima avevano detto che quello sarebbe stato l'ottobre più freddo degli ultimi dieci anni. Il cielo era così pesante che sembrava cascarci addosso.

Stefania si limitava ad annuire a ogni cosa che ci veniva detta. Guardava fuori dal finestrino tutti quegli edifici che sembravano abbandonati, i marciapiedi delle farmacie illuminati dai distributori automatici e ogni tanto prendeva in mano il cellulare che le illuminava il volto. Quello schermo frantumato custodiva i messaggi che si scambiava con Manuel. E a guardarla sorridere mentre digitava attenta, sembrava quasi che quella relazione fosse l'unica cosa a tenerla in vita. Come chi vive attaccato alla corrente, viveva attaccata a lui e sentiva che quel viaggio, nel tempo, avrebbe staccato la spina. Stefania provava un dolore che fuori si vedeva tutto. Quando sei adolescente non sai che ci sono strade che vanno per forza percorse e luoghi in cui non è possibile tornare. Non sai che si va avanti e si ricomincia proprio come un libro nuovo, che ci saranno persone che ti mancheranno come le risposte che non abbiamo dato in tempo.

Nelle settimane prima della nostra partenza, Manuel e Stefania avevano discusso tanto, una sera addirittura si erano picchiati in piazza davanti a tutti. Avevano strani modi per dire "non andartene" e sembrava quasi facessero di tutto per arrivare al punto di odiarsi perché entrambi erano consapevoli che il contrario, sommato alla distanza, nel tempo li avrebbe feriti di più. Manuel giurava a lei e a tutte le persone che la circondavano che non l'avrebbe fatta partire, che si sarebbe imposto, ma nemmeno lui credeva alle sue parole, l'insicurezza gliela si leggeva negli occhi. Le promesse spesso sono solo un pretesto per rimandare una verità. Due persone non dovrebbero mancarsi o almeno, quando questo accade, dovrebbero avere la possibilità di riviversi. Ma questo difficilmente sarebbe accaduto.

A guardarlo da dietro il vetro, il mondo sembrava spento e quella provincia così tanto silenziosa, impreparata ad accoglierci.

Io ho sempre avuto paura delle cose nuove, dei posti inesplorati dove non so difendermi. Da piccolo, non mangiavo piatti a me sconosciuti per paura dell'effetto che mi avrebbero procurato in bocca e questo mi è sempre rimasto.

Solo in seguito scoprimmo che ci trovavamo in un quartiere popolare. "Appena vedi la casa popolare, sei arrivata" disse così una signora a mia sorella il pomeriggio in cui ci perdemmo convinti di sapere la strada, assediati dalla monotonia della provincia. Dovevamo andare alla Coop a comprare due baguette e finimmo all'ippodromo. Per la prima volta nella mia vita vidi un cavallo. Lo guardavamo affascinati e un po' intimoriti. Gli lanciavamo da lontano fili d'erba e ridevamo felici, quel giorno.

7

L'appartamento mi sembrò subito troppo piccolo per noi tre. Arredato al minimo e con poche possibilità di perdersi perché tutte le porte erano accessibili dal salotto. Io e mia sorella dormivamo nella stessa stanza e appena entrammo in camera lei scelse il letto vicino alla finestra. Non dissi nulla perché lei era più grande e se mi fossi opposto le avrei prese. Nella nostra cultura alzare le mani su chi è più piccolo è concesso, un gesto che non viene visto come una violenza, ma come una maniera di educare. Io dovevo subire e allo stesso tempo aver paura di mia sorella per non mancarle di rispetto. Ricordo che mi ripromettevo che appena avessi imparato a difendermi non gliel'avrei mai più permesso ma lei smise presto di menarmi.

I letti erano disposti ai lati opposti della stanza e coperti da lenzuola con sopra la bandiera degli Stati Uniti. C'era un leggero odore di disinfettante e negli armadi vestiti nuovi presi al mercato dell'usato. Era scritto nei cartellini che papà si era dimenticato di togliere, lui che per due anni si era dimenticato di crescere i suoi figli, ignorandoli. In casa faceva freddo quasi quanto all'aperto e il vento penetrava come una lama dalle fessure facendoci rabbrividire. La finestra non si chiudeva del tutto e i caloriferi erano più freddi delle nostre mani. Stefi quella notte, prima di spegnere la luce, mi disse «dormi con il cappotto, non toglierlo», e poi si sdraiò di lato tenendo il cellulare con entrambe le mani. La luce dello schermo trafiggeva la stanza e la divideva a metà.

Mi sdraiai anch'io. Il soffitto non aveva un colore omogeneo a causa delle infiltrazioni che lo rendevano giallastro come il cuscino che tenevo sotto la testa e iniziai a chiedermi se fosse pioggia o pipì, ma la seconda ipotesi non era possibile perché sopra di noi non ci abitava nessuno. Sorrisi e decisi di andare in bagno. Aprii la porta e quando lo feci trovai mio padre sul divano che baciava lo zio. Rimasi immobile a guardarli. Si baciavano toccandosi con la lingua legati in un groviglio di braccia e gambe. Mi vide con la coda dell'occhio e mi fece cenno con la mano di tornare in stanza. Mi chiusi la porta alle spalle e feci un respiro profondo. Mia sorella, vedendomi in piedi, impietrito, mi domandò stranita «che ci fai lì?».

«Nulla» risposi.

«E allora vai a dormire che è tardi» disse innervosita.

Io non ho mai imparato a esternare le cose che mi tormentavano. Mia sorella si arrabbiava con me quando veniva a scoprire che qualcuno a scuola mi aveva offeso e preso in giro. Mi urlava in faccia "perché non me l'hai detto!?". Una volta le confidai che mi piaceva una ragazza della mia classe ma che non volevo conoscerla. "Voglio solo guardarla" spiegai, e lei ridendo seppe solo rispondermi "tu non sei normale". Mi ferì. Io non stavo in silenzio perché non ero coraggioso, avevo solo capito stando con gli altri quali erano le cose di me che non potevo dire.

Quella notte decisi di addormentarmi portandomi dietro ciò che avevo visto. Una voce dentro di me continuava a ripetere "non accadrà più" ma io facevo di tutto per non ascoltarla, perché non mi fidavo.

Le luci erano tutte spente e i lampioni sulla strada illuminavano in parte anche la stanza di un colore bianco acceso. Guardandomi attorno mi accorsi che mi ero addormentato senza rendermene conto, poco dopo aver posato la testa sul cuscino. Non sapevo che ore fossero, ma il silenzio assoluto e il mormorio delle auto lontane in strada lasciava intendere che fosse tardissimo. Mi alzai, mi misi a sedere. Stefania

dormiva su un fianco in una posizione scomposta che lasciava trasparire tutta la fatica causata dal lungo viaggio.
Mi ero svegliato perché avevo bisogno di andare in bagno.
Senza pensarci, scesi dal letto e uscii dalla camera. Solo allora mi ricordai tutto. Di mio padre e di quel bacio. D'istinto
feci un passo indietro, ma poi mi diressi verso l'unica porta vetrata della casa. Il bagno era tutto bianco, anche i mobili e gli asciugamani. Sul lavandino c'era un bicchiere con
uno spazzolino blu e un dentifricio alle erbe. Si sentiva un
forte odore di shampoo e la vasca era coperta da una tenda consumata sul fondo. Papà era un uomo ordinato, ogni
cosa era al suo posto e io mi sentii come se stessi violando
la sua privacy. Pisciai da seduto per non dare le spalle alla
porta. Avevo paura che potesse entrare qualcuno. Presi la
carta igienica, la passai sulla tavoletta e tirai l'acqua. Quando aprii la porta trovai mio padre in piedi che mi aspettava
al buio. La luce del bagno arrivava fino a metà del salotto
illuminandolo in parte. Non riuscivo a guardarlo negli occhi e tenevo lo sguardo fisso sul pavimento. Restammo così
per un tempo che non saprei quantificare. Nonostante fosse mio padre e non ci fossero mai stati episodi precedenti
avevo paura potesse succedermi qualcosa. Si abbassò verso di me e si mise quasi in ginocchio. Eravamo a pochi cen-
timetri di distanza. Con un dito mi sollevò il mento perché
lo guardassi in faccia. Papà aveva gli occhi lucidi, non riusciva a trattenere le lacrime. Poi abbassò lo sguardo. Aveva
un'espressione disperata. Si passò l'avambraccio sul viso,
per asciugarsi. Mi diede un bacio sulla fronte e con un filo
di voce disse «scusami».

8

La mattina dopo mi aspettavo di trovarlo in cucina per colazione, ma papà non c'era. Restai per un po' in silenzio a guardare una sua foto appesa al muro, chiedendomi chi fosse realmente quella persona che mi somigliava così tanto. Poi mi diressi verso il frigo, avevo fame, ma non mangiai nulla perché non volevo toccare le sue posate, i suoi piatti e nemmeno sedermi sulle sue sedie. Mi comportavo come se stessi condividendo l'appartamento con uno sconosciuto. Tenevo le mani avvolte dentro le maniche per evitare ogni tipo di contatto e avevo la testa piena solo di cattiverie. Tornai in camera e mi rimisi a letto. Stefania dormiva ancora profondamente.

Quando papà rientrò in casa e aprì la porta della nostra stanza per controllare se fossimo svegli, serrai gli occhi nonostante non stessi affatto dormendo. Ascoltavo attentamente ogni rumore che veniva dal soggiorno sperando che uscisse di nuovo.

Iniziai a guardare mio padre con occhi diversi. Cercai di capire cosa succedeva dentro di lui. Lo osservavo anche quando fingevo di guardare la televisione. Non parlammo mai di quell'episodio e lui mi trattava come se io l'avessi accettato solo perché non gli dissi mai quello che provavo veramente. Zio Thierno veniva a trovarci quasi tutti i giorni. Con noi cercava di essere il più gentile possibile, ci portava cose da mangiare e ogni tanto ci regalava cinque euro.

Quando eravamo tutti insieme, si toccavano di nascosto: Thierno chiedeva sempre a mio padre se poteva aiutarlo in cucina. Lì si scambiavano carezze velate e per loro quello sembrava essere anche un gioco divertente. A ferirmi però non era l'omosessualità di mio padre, ma il fatto di essere stato ingannato. Come se quello che avevamo vissuto fino a quel momento non fosse mai stato vero. Non avrei mai voluto vedere mio padre con un'altra donna e noi in una nuova famiglia dove un'altra persona tentava di sostituire nostra madre. Non ce l'avevo con lui perché baciava un uomo, ma perché ero convinto che non potessimo essere più diversi di quanto già lo eravamo per la società. Arrivai al punto di odiarlo per avermi fatto credere di essere una persona invece che un'altra. Mi chiedevo quando avrei avuto degli amici cosa gli avrei detto. Quando avrei avuto una ragazza, dei figli, cosa sarebbe successo. Mi dicevo che io a differenza sua nella vita sarei sempre stato sincero, che non avrei finto. Mi dicevo che non era giusto pensare di nascondersi, che bisognava essere se stessi.

Nei giorni che seguirono quella prima notte, piansi tanto e arrivai a pensare che forse non era stato lui a mettermi al mondo, che non poteva avere avuto rapporti con nostra madre. Ne soffrii così tanto forse anche perché non ne parlammo mai e dovetti tenermi dentro il peso di tutti i mille dubbi e interrogativi. Dovetti imparare nella maniera più violenta che nella vita bisogna saper accettare le scelte di tutti.

9

Dopo quella sera divorziai dal mondo, mi rinchiusi in me stesso e non ne parlai con nessuno. Fu mia sorella a rompere il silenzio che era caduto nella nostra stanza.

«Lo so cosa pensi, ma guarda che non è importante. Mamma lo diceva sempre. Quando voleva ferirlo e umiliarlo lo chiamava frocio. Si riferiva a quello quando in camera urlava che voleva un vero uomo» mi disse sistemandosi sulle ginocchia il cuscino. Lei era una spugna, assorbiva tutto quello che gli capitava attorno senza mai giudicare.

«Tu non devi diventare come lei. Papà non ci ha fatto mancare nulla quando c'è stato, anche quando il nulla era affettivo. Ed è questo che conta.»

Stefi a volte si comportava in modo molto più maturo della sua età. Mi somigliava parecchio. Aveva i capelli ricci e fittissimi, occhi scuri, avevamo lo stesso naso e anche gli zigomi uguali, dicevano alcuni. Quando mi lasciavo crescere i capelli, in casa scherzando mi chiamavano con il suo nome.

Stefania aveva quattordici anni appena compiuti e, negli anni che avevano sancito i nostri abbandoni, il suo carattere era cambiato: si era convinta che per il bene di tutti non poteva essere un'adolescente e doveva vestire i panni dell'adulto. Col tempo smise di essere allegra e spontanea, smise di dire "voglio" e, appena poté, iniziò a cercare dei lavori part-time, a prendersi cura di me per non farmi sentire la mancanza di una madre vera.

Aveva la pelle più chiara della mia come le idee. Da grande avrebbe voluto fare la pittrice ed era capace di restarsene per i fatti suoi interi pomeriggi a disegnare. Avevo come l'impressione che quello che disegnava prendesse vita, si muovesse. Era pragmatica, diceva solo quello che pensava e ai nostri genitori non sempre andava bene. Sui suoi disegni scriveva frasi. Frasi malinconiche.

Una volta trovai sul suo letto un foglio dove aveva disegnato al centro un uomo bianco con i capelli scuri a caschetto e gli occhiali da sole e in un angolo in alto aveva scritto:

Non so cosa voglio da me, dagli altri.
Mi spaventano le persone, non la solitudine.
Allontano tutti e mi allontano io da loro perché tanto finirà,
com'è successo ai miei genitori, alle giornate, agli Oasis.

Quelle parole mi turbarono perché erano vere.

Lei spesso sentiva il bisogno improvviso di allontanare tutti, si sottraeva a ogni incontro, a ogni appuntamento. Agli amici scriveva "oggi sto a casa", "ho un altro impegno, scusami", "magari vi raggiungo dopo, ok?".

Sembrava volesse imparare a stare da sola senza sentirsi sola, ad andare avanti mettendosi al primo posto come aveva fatto Manuel con lei quel periodo in cui a Foggia aveva piovuto per giorni e avevano un solo ombrello e lei credeva che fossero al riparo entrambi.

Stefania è stata anche una bambina piena di emozioni con tanta voglia di vivere e cose da raccontare. Mamma le dava gli schiaffi sulle mani perché quando parlava con le sue amiche non stava mai zitta. "Kanga munoko", "non sono affari tuoi", "sei una maleducata" diceva in lingala quando la rimproverava. Non sapeva farsi i fatti suoi e quando gli adulti parlavano si intrometteva nelle discussioni convinta che se avesse detto qualcosa di intelligente loro l'avrebbero trattata come un loro pari. Nella cultura dei nostri genitori, un bambino non ha diritto di discutere con uno più grande. Può solo ascoltare in silenzio e subire. "Hai capito?, la prossima volta che t'intrometti vedi" diceva papà minaccioso, inconsapevole che non le stava solo insegnando a stare zitta ma a fare a meno di tutto fino a quando non le è rimasto più niente.

10

Le prime settimane nella nuova casa, siccome non conoscevamo nessuno, non uscivamo mai e dalle finestre guardavamo passare le macchine e i bus che portavano al mare. Non
so cosa stessimo aspettando, forse avevamo solo paura che
saremmo rimasti nuovamente noi due soli. Senza fare nulla tutto il giorno, lei a soffrire per Manuel e io a guardare
la televisione quasi ipnotizzato. Stefania pensava a tutto, al
nostro domani mentre nostro padre non c'era. Mi dedicava
tutto il tempo che avrebbe dovuto essere suo.

«Qui è al tuo battesimo» mi disse un pomeriggio indicandomi una foto.

Mi sedetti vicino a lei e guardai dove aveva posato il dito.
Era una foto a colori, papà indossava una camicia nera, aveva un'espressione felice. Un uomo bianco, anziano mi teneva in braccio mentre io piangevo. Nelle sue foto da bambina
invece, messe alla rinfusa nell'album fotografico che stava
sfogliando, mamma non la perdeva mai d'occhio. Per pochi mesi, quando io ancora non ero nato, loro avevano vissuto in Svizzera.

«Io parlavo il tedesco» disse dolcemente. «Vivevamo a
casa di un amico di papà che quando poteva nei weekend
mi portava a vedere i cavalli.»

Mi raccontò che furono costretti ad andarsene perché lì
era difficile ottenere i documenti al contrario dell'Italia e poi
anche perché a quel tempo non erano molti i parenti dispo-

sti a dargli una mano. Si spostavano senza sapere realmente dove stessero andando e così arrivarono a Foggia e papà iniziò a lavorare nei campi di pomodoro per poche lire all'ora.

«Era bello stare lì» mi disse alzandosi per andare in cucina e poi, mentre si allontanava, senza voltarsi, aggiunse «soprattutto mamma e papà lo erano.»

11

Era da poco passata la mezzanotte quando bussarono violentemente alla porta. Io e mia sorella ci svegliammo di soprassalto. Ci eravamo addormentati davanti alla televisione.

Mi alzai a fatica e andai ad aprire.

«Ma non chiedi neanche chi è?» mi rimproverò mia sorella.

Mi trovai di fronte due ragazzi molto più alti di me con il volto coperto da un passamontagna.

Mi spinsero facendomi cadere a terra e iniziarono a gridare «dov'è il bastardo?», «dov'è il frocio?».

Stefania urlava terrorizzata mentre loro si dirigevano verso la camera e quando trovarono mio padre lo trascinarono in sala e lo riempirono di pugni in faccia finché la maglietta che indossava non fu rossa di sangue, appicciata alla pelle come colla. Papà si proteggeva il viso con entrambe le braccia. Con la voce spezzata chiedeva scusa e implorava ai due ragazzi di fermarsi.

Non riuscivo a muovermi, ero paralizzato, incapace di qualunque reazione. Quei due ragazzi continuavano a urlare «stai lontano dalla nostra famiglia», «lascia stare nostro padre». Si spingevano a vicenda pur di tirargli un calcio. In quel momento capii che stavano parlando di Thierno, che in quello che stavano facendo c'era la stessa rabbia che provavo anch'io nei confronti di mio padre. Solo quando i vicini uscirono dai propri appartamenti come api da un alveare e iniziarono ad affacciarsi dalle scale chiedendo cosa stesse succedendo, i due scapparono di corsa.

Stefania rannicchiata singhiozzava tremante, i suoi lamenti facevano eco nella stanza. Io non riuscivo a muovermi per il dolore e il terrore che sentivo dentro. A tratti non riuscivo a respirare. Qualche minuto dopo arrivò un'ambulanza, caricarono papà e lo portarono in ospedale. Io e mia sorella ci guardammo in faccia e realizzammo ciò che era appena successo mentre, salendo con papà sull'ambulanza, il respiro tornava a un ritmo normale.

In ospedale papà indossava una maschera per l'ossigeno. Sdraiato con le braccia lungo i fianchi, fissava il soffitto quasi immobile. Quando ci vide entrare nella stanza, si spostò la maschera sul petto e sussurrò un "ciao" leggero che capimmo solo perché mosse le labbra. Stefania in lacrime lo abbracciò forte e il medico che ci aveva fatto compagnia in sala d'attesa le disse con dolcezza «fai piano». Restai qualche passo indietro a guardarli. Papà si voltò verso di me e mi fece l'occhiolino. «Hai un papà indistruttibile» sussurrò accennando un sorriso che lo portò a tossire. Feci cenno di sì con la testa senza avvicinarmi al letto.

Tornammo a casa tutti insieme all'alba, appena finirono di curarlo e bendarlo. Le infermiere gli avevano consigliato di andare dai carabinieri ed esporre denuncia, ma lui si era rifiutato. Alla fermata del bus, Stefi leggeva gli orari senza capirci niente. Passavano poche macchine in strada ed era ancora buio. Il primo autobus sarebbe arrivato un'ora dopo e ci avrebbe lasciato a qualche chilometro da casa. Camminavamo piano per tenere il passo di papà che si muoveva a fatica. Quando iniziammo a intravedere la sagoma del nostro condominio cominciò a piovere.

La vita ci trattava come se volesse ucciderci, ma poi non ci uccideva.

Non vedemmo più zio Thierno dopo quel giorno. Non venne nemmeno a trovare mio padre al rientro dall'ospedale.

Mio padre fissava il pavimento per intere giornate senza dire una parola e io lo guardavo, attento a non far trapelare quello che vedevo: un uomo triste che non aveva più voglia di vivere. Stefania si impegnava per non fargli mancare nulla, gli chiedeva in continuazione se aveva bisogno di qualcosa e lui con un cenno diceva sempre che era a posto così.

«Devi reagire, non sei un buon esempio» gli disse Stefania rompendo il silenzio. Sembrava che lui non l'ascoltasse, come si fa con le hostess che spiegano cosa fare prima di morire mentre tu continui a vagare con lo sguardo, distratto. Ma poi papà la guardò negli occhi.

«Prenditi tutto il tempo che vuoi, ma reagisci» aggiunse mia sorella posandogli una mano sulla spalla.

Quando eravamo più piccoli e ci disperavamo per una mancanza, materiale o affettiva, nostro padre ci diceva sempre "non puoi farci niente". Per lui non aveva senso dannarsi, era come stare in acqua cercando di rimanere a galla non sapendo nuotare.

Non ci consigliava di affrontare il dolore per fortificarci il carattere. Lui diceva sempre che soffrire era necessario e giusto, che ogni cosa l'avremmo superata col tempo. Aveva ragione perché nella vita ce la fai sempre anche quando non ce la fai più.

12

Appena mio padre si riprese, tornò al lavoro. Dopo quella sera, i vicini si fecero più gentili e quando ci incontravano sulle scale ci chiedevano sempre se avessimo bisogno di una mano. Quei giorni furono per noi come l'attesa di qualcosa. Ma quelle macerie su cui dovevamo ricostruire la nostra famiglia non diventarono mai argomento di conversazione, anzi il nome di quell'uomo che prima riempiva la nostra quotidianità divenne un tabù e quel dolore, che gli si leggeva negli occhi, mio padre iniziò a portarselo dappertutto, attraversandoci le giornate e i quartieri senza mai separarsene.

Mi chiedevo perché fosse così difficile per lui dimenticare quell'uomo. Alla mia età, nonostante tutte le assenze che avevo dovuto affrontare, non sapevo che dimenticare una persona che si ama non è facile come decidere di non vederla più. Si è costretti per andare avanti a uccidere una parte di sé e abitare il vuoto di qualcuno che si è perso, accettare che non si potrà essere più come prima. Era come se nostro padre non riuscisse a immaginarsi una vita senza Thierno. Come se fosse in grado di disegnare sempre e solo lo stesso posto, nello stesso modo, senza riuscire a creare un nuovo paesaggio.

Durante la notte si alzava e noi lo sentivamo muoversi. Chiudeva la porta lentamente per non svegliarci e noi ci chiedevamo dove andasse, preoccupati che gli potesse succedere ancora qualcosa. Era come se fossimo diventati noi i suoi genitori e lui nostro figlio. Al momento di alzarci da tavola, dopo giorni che custodivamo il segreto, Stefania, in un momento di coraggio, domandò «dove vai di notte?». Ma lui non rispose. Avrei voluto ci dicesse subito la verità ma non lo fece.

«Dove vado di notte?» chiese a sua volta dopo un po'.

«Sì» intervenni. «Dove vai di notte?»

Papà si mise a ridere e ci disse che gli faceva piacere il fatto che ci preoccupassimo per lui, e che di notte siccome non riusciva a dormire passeggiava per il quartiere per riprendere confidenza con le gambe che erano rimaste ferite durante l'aggressione.

«Ora sparecchiate e leggete un libro» concluse prima di alzarsi e sedersi di fronte alla tele.

Ci aveva mentito forse, ma noi eravamo così piccoli che non l'avremmo potuto scoprire mai.

13

Mi svegliai da solo per l'entusiasmo, la mattina del mio primo giorno di scuola. Mi preparai di fretta e feci colazione in piedi vicino alla porta d'ingresso facendo innervosire papà che era un uomo ordinato e preciso.

Ci eravamo trasferiti in quartiere da qualche mese e io avevo passato praticamente tutte quelle settimane chiuso in camera mia, impaziente di iniziare le lezioni e conoscere i miei nuovi compagni.

Casa nostra era vicino alla scuola elementare. Bastava superare la piazza della fontana, imboccare una via secondaria e sulla destra c'era quell'edificio coperto di murales e cancelli arrugginiti che separavano la strada e il marciapiede dal giardino interno dove, durante la ricreazione, si giocava a pallone.

Il primo giorno ricordo l'atrio enorme della scuola, io che mi guardavo attorno spaesato e vedevo una marea di bambini impegnati a salutare i genitori e a dirigersi verso i propri insegnanti. Tutti, me compreso, avevamo il giubbotto che finiva poco sopra le ginocchia e faceva intravedere il grembiule azzurro sotto. Ricordo che le madri dei miei compagni all'ingresso, parlando tra di loro, sembravano vantarsi dei loro figli. C'era anche mia sorella che mi teneva una mano sulla spalla.

Un attimo dopo che suonò la campanella, mentre il vento fuori spazzava le strade, mia sorella se ne andò. Io cercavo un volto familiare tra tutte quelle persone a me sconosciute e mi sentivo come se tutto fosse al posto giusto, tranne me.

Da quel giorno, ogni mattina, Stefania mi salutava senza perdere tempo con un bacio leggero sulla fronte perché anche lei doveva andare a scuola.

Diceva "correre", "muoviti che devo andare".

I miei compagni non capivano perché fossi l'unico a non avere un adulto vicino, fuori dai cancelli di scuola.

"Mia madre non c'è" rispondevo a chi me lo domandava. C'era chi si chiedeva se quella ragazza così giovane fosse la donna che mi aveva messo al mondo.

Stefania frequentava il liceo artistico, faceva il primo anno. Sulle spalle portava il peso di uno zaino pieno di scritte tracciate con il bianchetto, di libri usati e matite che non poteva permettersi di prestare. Voleva diventare una pittrice, nel diario teneva le foto di Basquiat prese da quelle riviste che custodiva gelosamente nei suoi cassetti che io non potevo aprire. Io la guardavo senza capire, convinto che quello potesse essere solo un hobby nella vita di un adulto. Per me i lavori erano altri e quando provavo a dirle cosa ne pensavo mi rispondeva sempre "non capisci niente".

Stefania, fin da quando era una bambina, con i capelli raccolti in tante treccine fermate da piccoli fiocchi, amava disegnare per terra con i gessetti colorati, case e famiglie. Mamma rassegnata aveva smesso di rimproverarla e per farla smettere le diceva "se continui così poi respiri la polvere e ti ammali". Per Stefi, quello di dare forma alle immagini che le balzavano in testa era sempre stato uno dei passatempi preferiti. Tutto le serviva da carta e matita e quando non poteva disegnare, con il piede e a volte anche con le mani tracciava delle linee sulla ghiaia. Chi diceva di lei che era di poche parole non sapeva che solo così esprimeva ciò che non riusciva a dire.

14

Che ero diverso l'ho imparato stando in mezzo agli altri.
Quando mi guardavano con la coda dell'occhio le prime
volte che sentivano il mio cognome, quando la maestra o il
medico faceva fatica a pronunciare quelle consonanti vicine. Quando leggendo la città in cui ero nato, sorridendomi,
mi dicevano "Ma allora sei italianissimo", "Sei più italiano
di me". Come se attribuire una cittadinanza occidentale fosse un complimento. Come se dire davanti a tutti, con il sorriso stampato in volto, che non ero un africano, perché per
loro l'Africa era un Paese, mi rendesse più normale. Dimen-
ticavano, mentre provavano a essere simpatici e amichevo-
li, che l'identità non me l'aveva data l'Italia, ma i miei genitori e che non spettava a loro dirmi chi fossi.

Analizzavano le mie origini, il mio nome e il numero della
mia generazione. "Io non sono niente" avrei voluto dirgli e
quando rispondevo che non sapevo se sarei rimasto in Italia
per sempre, si comportavano come se la cosa fosse giusti-
ficata. In me non vedevano un essere umano, ma un nero.
"Come sono i tuoi amici?", "Che lingua parlate in casa?",
"L'Italia è un Paese razzista?" mi chiedevano.

Un'idea di me stesso, a quell'età, non l'avevo ancora e
avrei voluto trovare la forza di non voler a tutti i costi farmi
accettare. Capire che potevo esistere anche senza il consen-
so del prossimo. Avere il coraggio di reggere la solitudine
e urlare in faccia a questo Paese che anch'io non lo volevo,

che il sentimento era reciproco. Lo spirito fascista italiano, quando mio padre si lamentava della sua condizione, gli ricordava che doveva essere contento di quello che aveva, che doveva stare al suo posto senza il diritto di pretendere. "Sei fortunato" avrebbero voluto urlargli in faccia quando mangiava nei loro ristoranti e cercava posto sui loro bus. Per difendermi, evitavo ogni sguardo ostile e, in quei momenti, non sapevo più cosa dirmi. Credo che lasciarmi andare così mi abbia portato a scomparire. Non ho mai capito i sospetti dell'uomo bianco, mai capito il loro trattarmi come un oggetto da evitare o da studiare. Il loro non è razzismo, la loro è presunzione nei confronti di chi ha perso un continente intero dalla memoria.

15

Claud e Inno frequentavano la mia stessa scuola, le nostre classi erano nello stesso corridoio. Loro si conoscevano già, io ero arrivato in quarta elementare ed ero un anno più grande dei miei compagni. A causa dei conflitti tra i miei genitori, un anno l'ho perso perché nessuno mi portava o veniva a prendere a scuola.

Ci siamo rivolti la parola un mese dopo l'inizio delle lezioni, subito dopo che le maestre ci permisero di giocare a calcio in cortile. Fino a quel momento, durante la ricreazione, restavamo nei corridoi a fare avanti e indietro come formiche. Tutte le aule affacciavano sul giardino e quindi passavamo il tempo con la faccia attaccata al vetro a vedere cosa accadeva fuori. Guardavamo le facciate delle case che si toccavano, gli anziani a passeggio con il cane e gli operatori ecologici che svuotavano i cassonetti ogni mattina alla stessa ora. La pioggia e le giornate d'inverno in cui scoppiava l'estate all'improvviso ci affascinavano.

Durante la ricreazione, mentre gli altri dal vetro guardavano la strada e il giardino, io tiravo fuori carta e penna e scrivevo racconti. Ero bravo a riportare su carta quello che immaginavo, ero convinto che avrei girato il mondo e che da grande sarebbe diventata la mia professione. Sentivo il bisogno di allontanarmi. Le maestre mi riempivano di complimenti, rispondevo alzando la testa con un sorriso fiacco e riprendevo subito a scrivere. Non mi fidavo degli adulti, mi avevano sempre deluso, soprattutto le maestre che fingevano di stare dalla mia parte e poi spifferavano tutto a papà.

Claud e Inno stavano sempre tra loro, non si mischiavano mai con gli altri bambini. Pure il pomeriggio, dopo scuola, stavano sempre insieme quei due. Uscivano con altri ragazzi del quartiere. Quando non dovevamo rientrare a scuola il pomeriggio, si ritrovavano sotto casa di Inno con le biciclette fino alla sera a parlare. Lui era quello più carismatico, quello che portava la palla al campo e non l'andava mai a riprendere quando finiva sotto le macchine. Abitava dietro la scuola, in un condominio popolare con pochi cognomi italiani, un palazzo di cinque piani, dove all'ultimo c'erano gli albanesi che controllavano le zone di spaccio. Nessuno poteva salire sino all'ultimo piano e nessuno parlava mai di loro.

La prima volta che Claud mi rivolse la parola, indossava la maglia di Ronaldo, quella dell'Inter con il numero dieci, perché il nove era ancora di Zamorano.

Mi chiese se volevo giocare a "Tedesca" e se sapevo cosa fosse, risposi di sì, con un sorriso aperto, mostrando anche troppo entusiasmo. Claud era un bambino espansivo, parlava un italiano scolastico, era sempre sorridente, aveva i capelli corti e la carnagione scura. Suo padre lo lasciava davanti a scuola con il furgone che poi utilizzava al mercato. Erano della Costa d'Avorio e a casa parlavano solo francese. Inno aveva i capelli corti e la pelle scura come i suoi occhi, un carattere allegro, tranne quando giocava a calcio, perché non amava perdere. Aveva gambe sottili, era svelto in campo, con il pallone tra i piedi era elegante e aveva idee precise. In quartiere molti dicevano che avrebbe avuto un futuro, come se il futuro fosse un posto che non spettava a tutti. Lo chiamavano Okocha.

Io a giocare a calcio non ero male. Quando avevo sei anni, papà tutte le mattine d'estate mi portava al parcheggio a fare i fondamentali. Era un uomo esigente, non scherzava mai durante gli allenamenti, nonostante fossi un bambino. "Il talento è un dono, ma il successo è lavoro" diceva quando ero sul punto di arrendermi e i miei occhi gridavano che volevo tornare a casa. Mio padre voleva diventassi un calciatore, mia madre che finissi la scuola per poi tornare in Angola con una laurea in mano. Voleva mi realizzassi, ma più per mostrarlo agli altri. Il compromesso era che la mattina potevo allenarmi solo se il pomeriggio avessi studiato. I miei, il tempo che riuscivano a trascorrere insieme, lo passavano a discutere di me. Quando commettevo un errore, per mia madre era colpa di mio padre, perché era un brutto esempio. Se sorridevo poco, secondo mio padre invece era per colpa di mia madre che era una donna troppo seria e per lui la tristezza era contagiosa.

Quel giorno Claud mi passò la palla, io la stoppai con il petto e calciandola al volo gliela ripassai. Claud e Inno si guardarono sorridendo e il primo disse «io te l'avevo detto che sapeva giocare a calcio». E quando mi superò correndo aggiunse «che fai lì fermo? Muoviti che se no poi suona la campanella!». Quella mattina fu l'inizio di una lunga amicizia. Dell'unica cosa che nella vita sono stato in grado di conservare.

UNDICI ANNI

16

D'estate le giornate erano piene di sole, di marciapiedi deserti e zanzariere abbassate. Casa nostra era buia anche allora, incassata in un polo di condomini popolari dove tutte le terrazze affacciavano sul giardino interno e l'unica stanza luminosa era il bagno. Claud, Inno e io stavamo sempre fuori e, scherzando, quando mia sorella ci chiedeva "dove state andando?" rispondevo "a prendere un po' di luce". Ad agosto noi restavamo in quartiere mentre molti nostri compagni visitavano con le loro famiglie quei luoghi che avevamo visto solo dentro uno schermo. Attraversavamo strade in bici, con il cellulare attaccato a una cassa per permettere agli altri di sentire la musica. In piedi sui pedali, ridevamo cercandoci con gli occhi e facendo a gara, l'uno contro l'altro, in mezzo alla via. Non c'erano macchine, a quell'ora erano tutti a lavorare.

La notte macchiavo le lenzuola di sangue perché tornavo a casa pieno di ferite e croste che grattavo per il prurito. Ci arrampicavamo ovunque, saltavamo sulle macchine e ci picchiavamo con tutti quelli che non volevano accettare il fatto che avessimo un nome al di là degli aggettivi banali e razzisti che ci affibbiavano. Dovevamo farci rispettare perché la presunzione dell'uomo bianco, anche se non lo verbalizzavamo mai, ci faceva soffrire. I continui sguardi indiscreti sul bus, al supermercato ci avevano resi solo più cattivi e arrabbiati. Il veder tenere più stretta la borsa quando passavamo creava un caos di "perché?" dentro di noi.

La nostra pelle assorbiva i colori della notte e gli insulti razzisti. Il nostro patrimonio culturale intimoriva il prossimo e le ragazze per strada aumentavano il passo quando imboccavano la nostra stessa via. Cambiavano marciapiede, prendevano in mano il cellulare. Noi rallentavamo per rassicurarle. Sul bus difficilmente si sedevano vicino a noi e, quando lo facevano, ci scrutavano con attenzione. "Che potremmo mai farvi?" pensavo. Una delle domande che mi veniva rivolta più spesso dai miei coetanei bianchi era quando sarei tornato in Africa. Stufo di correggerli ascoltavo, e mi chiedevo di che Africa stessero parlando. Pensavano non mangiassi maiale perché nero e in gita mi offrivano il panino con il formaggio. Eravamo consapevoli del fatto che l'Africa non era povera, l'Africa era stata derubata, privata di un cognome. Pensavano fossimo cresciuti sotto il sole, che avessimo corso per tutta la nostra infanzia, che sapessimo suonare un tamburo e che il nostro cazzo fosse più lungo del loro e questa cosa li faceva ridere.

"Vi abbiamo dato" dicevano ogni volta che parlavano di immigrazione, ma a noi questo Paese aveva tolto e negato. Tolto una casa, una macchina, una madre e negato la cittadinanza. A mio padre nessuno aveva mai regalato niente, il suo lavoro lo faceva non perché gli avessero fatto un favore ma perché aveva dimostrato di meritarselo. Quelli che incontravamo e che con i loro gesti e le loro domande volevano ricordarci che per loro non eravamo altro che ospiti, meritavano di sentirsi in colpa ogni giorno, per le persone che diventavano quando per strada incontravano un negro. Durante la finale Italia-Francia, dietro il vetro di un bar tifavamo per i francesi perché loro non ci avevano mai chiamati "negri". In quartiere sui balconi c'erano solo bandiere tricolori. Al gol di Zidane ci abbracciammo tutti indifferenti al fatto che il nostro Paese stava perdendo. Non ci sentivamo italiani perché non avevamo nulla in comune con i figli degli italiani. Mancavano gli argomenti e pure il modo di occupare il tempo era diverso. Noi non compravamo nulla in quei pomeriggi in piazza, loro riempivano i marsupi di caramelle, succhi di frutta, carte da gioco e figurine. Tenevano lo sguardo fisso sul Gameboy e durante le festività andavano in vacanza.

A noi bastava un pallone e che non piovesse.

A noi bastavamo noi.

17

Quando arrivò Sharif in Italia, suo padre, che incontravo spesso in quartiere, mi fermò e mi disse «trattalo come se fosse tuo fratello, non sa l'italiano, gioca con lui». Sharif era bengalese, aveva i capelli scuri, annuiva sempre. Mangiava il platano convinto fossero banane. Quando io ne ridevo insieme a mia sorella, Sharif non capiva. Diceva che era buono. Portava con sé un leggero odore di curry, indossava una camicia a quadri e correva più veloce di tutti, saliva pure sugli alberi a raccogliere le albicocche. "Al mio Paese lo facevo sempre" ci spiegava convinto. Imparò l'italiano ascoltandoci, in quella calda estate quando sostenevamo che non ci piaceva il mare solo perché non potevamo andarci. Seduti per terra al parco, ci lanciavamo fili d'erba e giocavamo a guardie e ladri. Sharif sorrideva e gli sparivano gli occhi nascosti dagli zigomi. Si grattava il centro della testa quando non capiva cosa gli dicevamo.

I primi mesi non portava le mutande e noi provammo a spiegargli che qui si faceva così senza sapere il reale motivo per cui le portassimo anche noi. Prima di salutarlo gli alzavamo la maglia. Le scordava sempre. Andavamo a casa mia e gliene prestavo un paio, fino a quando non mi accorsi che stavo rimanendo senza. Alla Coop rubammo il primo paio di mutande e felici al parcheggio festeggiammo perché non ci avevano beccati.

L'appartamento di Sharif era pieno di cose sparse, arredato senza un ordine, con mobili presi nei negozi d'usato e vicino ai bidoni della spazzatura. La sua cultura aveva come principio fondamentale "il recupero". Non si buttava niente e quando qualcuno provava a farlo lui puntualmente diceva "dammelo a me" senza vergogna. Mangiava anche i pezzi di pizza che gli altri lasciavano nel cartone. Io gli dicevo di non farlo ma lui non mi ascoltava. Ci menavamo a volte, gli altri ci separavano ridendo, era tutto un gioco. Il quartiere era ai nostri piedi e le ragazze erano ancora un'idea lontana. Erano nemiche incomprensibili a quell'età. E a volte mi chiedo come sarebbe stato se tutto si fosse fermato a quegli anni dove i miei amici erano il mio Paese, la mia casa, la mia famiglia.

18

Scoprimmo il rap a undici anni. Claud era l'unico ad avere il computer in casa e quando suo fratello maggiore non c'era, di nascosto aprivamo le sue cartelle e ascoltavamo le canzoni che ci trovavamo all'interno. Scoprimmo così Neffa, Inoki e i Cor Veleno. Seduti vicini, in quella stanza fitta di poster appesi sul muro, guardavamo i video su YouTube e iniziavamo a vestirci con abiti sempre più larghi e a fare gesti con le mani mentre ascoltavamo quelle canzoni che sentivamo nostre. I nostri coetanei sostenevano che quella musica era tutta uguale, i professori che era violenta. I cantautori italiani che passavano in televisione non dicevano nei loro testi "io sono il numero zero, facce diffidenti quando passa lo straniero", non cantavano "il mio Paese se ne fotte di pianti di lotte di quanti stanno al freddo stanotte". I gruppi che appassionavano i nostri coetanei raccontavano solo storie borghesi, amori e vacanze al mare.

Anche noi siamo stati bambini ma a differenza degli altri lo siamo stati per meno tempo. Abbiamo dovuto capire subito che certe cose non potevamo chiederle ai nostri genitori, che ciò che è giusto non è patrimonio di tutti. Scoprimmo di non essere forti per virtù, ma per reazione a una vita colma di insufficienze. Di passare per silenziosi e educati mentre in realtà, se non accettavamo un invito, era perché nessuno poteva portarci ai compleanni, alle partite, in gita. Scoprimmo che l'amore di un genitore non si misurava in base ai gesti e alle cose date, ma a quelle che non ti aveva fatto mancare. La vita non ha nessun obbligo di darti quello che credi di meritare e non lo ha nemmeno chi ti ha messo al mondo. Claud meritava un padre meno assente, Inno e Sharif un padre meno severo e io uno che bevesse meno la sera. Claud ogni tanto piangeva con le ginocchia strette al petto. Noi lo stavamo a guardare senza che nessuno ne capisse il reale motivo. E qualcuno tirava a indovinare, quando lui non c'era, dicendo che gli mancava la madre. È un errore umano quello di cercare di capire a tutti i costi perché qualcuno soffre, convinti che dando un nome al dolore poi sarà più facile curarlo. Nella vita mi hanno aiutato di più le persone che mi hanno chiesto "dove sei?" più che "cos'hai?".

Il freddo passava anche sotto i giubbotti, la pioggia puliva le strade, sporcava le macchine. Mettevamo le buste di plastica sui sellini delle biciclette e in testa per andare a scuola. Quando il tempo ci impediva di uscire passavamo pomeriggi interi davanti alla televisione nella speranza di trovare un video musicale che ci piacesse e quando ci riuscivamo ci esaltavamo come se un nostro amico ce l'avesse fatta. Claud decideva che programmi vedere, siccome eravamo a casa sua. Guardavamo i cartoni animati, Kenshiro e City Hunter erano i miei cartoni preferiti, e discutevamo su chi fosse migliore dei due. Altre volte occupavamo il tempo con notiziari saturi di cronaca nera e ci chiedevamo se il mondo fuori fosse davvero così crudele. Poi quando suo padre rientrava a casa, uscivamo subito. Lo salutavamo senza parlare e scendevamo le scale di corsa. Quell'uomo troppo severo si lamentava per tutto, lanciava le cose.

In quella stessa stanza, una mattina in cui decidemmo tutti insieme di non andare a scuola, mentre ci smezzavamo una sigaretta, Claud ci raccontò qualcosa del suo passato con un'espressione sul volto che poi non ho più dimenticato.

«Dove abitavamo prima le scale erano lunghe, ripide, e una volta sono caduto perché io puntualmente quando dovevo scendere correvo, non so perché. Mi hanno portato in ospedale urlando. Mia madre è molto teatrale. A venti metri da dove stavamo noi, ci abitavano i miei zii in una casa più piccola, erano parenti di mia madre. Io andavo lì a giocare alla PlayStation. A Tekken 2.»

Sorrise mentre noi tre lo ascoltavamo attenti con le mani sulle ginocchia.

«Dormivo con mio padre e mia madre, mio fratello dormiva in salotto. I miei genitori non lavoravano e ogni tanto andavamo da una famiglia di italiani a pranzare. Loro mi volevano bene e io stavo con quella coppia quando i miei non c'erano. Un giorno gli italiani chiesero a mio padre se potevano adottarmi, gli offrirono anche dei soldi. Se avesse accettato, oggi di cognome mi chiamerei Rosina. Erano bancari. Io figlio di un bancario, mi ci vedete?» Sorrise e i suoi occhi si fecero stretti.

«Andammo a vivere ad Arezzo poco dopo. Mia madre aveva trovato lavoro da un fioraio, vendeva le rose, la casa era di quaranta metri quadrati ed era piena di spine, perché lei faceva i bouquet. Abitavamo in sei in casa, c'erano pure mio zio e sua moglie con noi. Ci avevano raggiunti poco dopo. Avevamo una stanza. I miei, per motivi che non ho mai capito, hanno iniziato a picchiarsi, io mi nascondevo sotto il tavolo per la paura e portavo le mani alle orecchie per non sentire. Si sono lasciati qualche anno dopo. All'inizio gli assistenti sociali mi hanno affidato a mia madre, poi sono andato da mio padre perché lui aveva trovato un lavoro fisso come camionista. Questa casa ce l'hanno data qualche mese dopo. Mia madre era entrata in depressione, una volta, discutendo, papà le ha rotto un braccio, pesava trentasette chili, potevamo vederla solo nei fine settimana. Quando ha conosciuto il suo attuale fidanzato, io ero appena arrivato in quartiere, lei ha iniziato a viaggiare con lui, a fare l'artista di strada e non c'era quasi mai. In quei mesi, mio padre ha chiesto l'abbandono dei minori da parte di mia madre, così da ottenere poi la casa popolare. Quando il giudice li ha chiamati in tribunale, lei non si è presentata perché non aveva il permesso di soggiorno e aveva paura. E così ho perso mia madre.»

All'età di undici anni ho imparato che accade a tutti: ognuno di noi soffre e nessuno cresce senza che questo succeda, perché è necessario. Ognuno a modo suo rimane ferito ed è come decidiamo di reagire che ci distingue. Conta essere capaci di rispondere alle domande importanti, non voler far credere a tutti i costi di stare bene. I miei amici in contesti diversi avevano combattuto le mie stesse battaglie, quelle che mi hanno fatto sentire così solo e io per questo li volevo vicino. A scuola, ognuno portava il proprio universo sotto forma di foto tra le pagine del diario e per me quella foto era un'immagine di noi quattro in piedi che sorridevamo sotto un albero che ci riparava dal sole. Prima che arrivassero loro avevo tante cose dentro che analizzavo in silenzio escludendo gli altri. Mi convincevo che sarei riuscito a resistere senza nessuno. Non mi importava che qualcun altro mi capisse. Chiuso nel mio mondo era tutto più rassicurante. Con il tempo mi stavo costruendo attorno un muro, io che non volevo essere il più forte perché ci sarebbero state troppe aspettative e nemmeno il più debole perché non ci sarebbe stato nessuno ad aspettarmi. Allontanarsi da tutto perché qualcuno, anche tua madre, ti ha deluso non è mai la giusta soluzione. Non è mai giusto finire se stessi, privarsi del domani, qualunque peso tu abbia dovuto sopportare. Non è giusto allontanare chi è disposto anche solo ad ascoltarti, fingere di amare una condizione che ti è stata imposta dalla vita, da chi ha deciso di non esserci. Non è mai giusto avere sempre il sorriso di chi non ha bisogno di niente quando dentro si piange.

DODICI ANNI

19

Ho sempre avuto il viso, il corpo e anche la voce da "bambino". I miei amici mi guardavano come se loro invece fossero già uomini, quando volevano salutarmi mi mettevano le mani in testa e io li guardavo male. Papà diceva sempre che mia sorella, alla mia età, era già una donna. Rideva portandosi le mani sulla pancia. Questo mi rendeva ancora più insicuro.

Come se la mia età non contasse nulla e del fatto che stessi crescendo non si accorgesse nessuno. Mi vedevano tutti come un bambino. Tutto quello che facevo era solo una scusa per farmi volere bene dagli altri. Mi mancava l'idea di sentirmi insostituibile. Facevamo le squadre e guardavo attento i capitani nella speranza di essere scelto per primo e quando il pallone finiva sotto le macchine andavo sempre io a recuperarlo al punto che gli altri smisero pure di chiedersi chi lo avrebbe fatto. Smisero pure di ringraziarmi.

Facevo il possibile per dimostrare la mia maturità. Potevo contare su una mano le persone che mi prendevano seriamente, che vedevano in me un ragazzo responsabile.

Quelle persone mi permettevano di non cadere a pezzi.

«Tu non hai mai paura?» mi chiese un giorno Claud.

Quando non avevamo voglia di andare a scuola salivamo sugli autobus arancioni con le sedie di plastica rivestite di scritte, diretti verso i lidi, e stavamo lì fino al capolinea per poi rifugiarci in pineta, convinti che tra gli alberi il freddo filtrasse meno.

«Io ho sempre paura» risposi.

C'eravamo solo noi due perché gli altri avevano deciso di entrare, visto che c'erano due ore di educazione fisica. "È l'unico giorno a scuola in cui non si fa un cazzo, non posso mancare" ci aveva salutato Sharif e Inno l'aveva seguito dentro.

Claud era semisdraiato sui due sedili e io occupavo gli altri due. Ci mettevamo sempre in fondo per avere una possibilità di fuggire se saliva il controllore.

«Di cosa?» mi chiese voltandosi verso di me.

Le sue Air Jordan bianche ormai non lo erano più ma lui continuava a strofinare con le mani i punti più sporchi convinto cambiasse qualcosa.

«Non serve a niente, o le pulisci una volta per tutte oppure lascia stare» commentai.

«In lavatrice si rovinano» replicò annoiato e poi, senza togliere gli occhi dalle Jordan, aggiunse «non mi hai detto di cosa hai paura però.»

Il rumore del motore del bus ci costringeva a parlare con un tono di voce più alto.

«Che mia madre torni e ci porti via con sé» risposi.

«E perché dovrebbe farlo?» mi disse guardandomi negli occhi.

«Perché a lei piace distruggere le famiglie.»

Claud spostò imbarazzato lo sguardo fuori dal finestrino.

«È la prima volta che mi parli di tua madre» disse a bassa voce.

«Non mi hai mai chiesto di lei» risposi distaccato.

«Io invece ho paura che si riduca tutto a questo, che sia tutta un'immensa bugia.»

Mentre parlava indicava con il dito fuori dal finestrino.

«Ti spiego meglio che tu non capisci mai un cazzo. Io ho paura che tutte queste cose che facciamo e ci chiedono di fare i nostri genitori, i professori, gli sbirri poi non servano a nulla. Andare a scuola, studiare, allenarci e tutte le altre stronzate che occupano il nostro tempo. Ecco, tu pensa se tutto questo poi non servisse a nulla. Non voglio essere qui tra dieci anni cazzo. Ancora in questa vita dove non sai mai cosa ti aspetta e accetti ogni cosa che ti succede anche la più brutta convinto di meritartela.»

«Claud, hai sempre la libertà di andartene.»

«E tu credi che io non ci abbia già pensato?»

«E allora che problemi ti fai?»

«Il problema siete voi, andarmene potrebbe voler dire non vederci più.»

«Impossibile» dissi senza credere alle mie parole. «Non può succedere e se accadrà, fanculo, prenderemo un aereo per raggiungerti, Claud.»

«Io non vado da nessuna parte senza di voi, zitto e cambia discorso che non capisci davvero un cazzo tu.»

Fu un giorno strano quello. La tratta da piazzale Moro ai Lidi sembrò durare più del solito e noi parlavamo senza interruzione, senza paura di essere giudicati. Di Claud invidiavo il fatto che lui riuscisse a vedere lontano, mi chiedevo ascoltandolo dove trovasse il tempo per immaginarsi tutto quel futuro che descriveva benissimo e mi piaceva ascoltarlo perché in ogni posto in cui si era visto e immaginato, noi c'eravamo sempre.

20

«Ti devi fidare di me» disse Claud mentre mi trascinava per un braccio.

«Sì, ok, mi fido ma non tirarmi così che mi fai male!» risposi cercando di divincolarmi.

Camminava con passo veloce come se avesse fretta di raggiungere una meta. Era quasi sera e la nebbia si stava alzando. Entro pochi minuti la visibilità sarebbe stata pressoché nulla.

«Oggi diventi un uomo» disse ridendo e stringendomi le mani. Rideva di cuore mentre io non capivo minimamente cosa avesse in mente. «Dai che Inno e Sharif ci aspettano». Nel frattempo il paesaggio attorno a noi era stato ingoiato dalla nebbia. Quando il bus ci sorpassò, lui iniziò a correre per raggiungerlo.

Mi teneva stretto il polso e ripeteva «muoviti dai, che se lo perdiamo poi son cazzi».

Riuscimmo a prenderlo per un soffio e salimmo sudati e ansimanti.

«Mi vuoi dire dove cazzo mi stai portando?» chiesi innervosito.

«Non essere volgare dai, ti sto per fare un regalo.»

«Smettila di fare il vago e dimmi cosa sta succedendo» alzai la voce.

Claud mi prese di nuovo per il braccio. «Siamo arrivati» disse e mi trascinò giù facendomi quasi cadere.

Ad aspettarci alla fermata c'erano Inno, Sharif e una ragazza minuta che non avevo mai visto prima.

«Piacere, Denise» mi salutò dandomi due baci sulla guancia.

Aveva un odore forte, di sigaretta appena spenta e di caffè.

«Il tuo amico non sta bene?» chiese a Inno riferendosi a me.

«No, no, lui è il serio del gruppo, è fatto così.»

Ormai era buio ed ebbi come la sensazione che la notte fosse scesa prima del solito.

Guardandola mi resi conto che Denise non era così magra come mi era parsa inizialmente, le sue forme si intravedevano sotto i jeans e il giubbotto. Aveva la carnagione scura e gli occhi verdi, capelli castano chiaro che le finivano poco sopra le spalle. La pelle olivastra e il naso sottile aquilino. Non era bella, o almeno non era il mio tipo di ragazza. Inno, che la teneva per mano, mostrava una tolleranza nuova nel sopportare i modi maleducati di Denise. Lui che quando qualcuno gli rispondeva male voleva subito fare a botte, anche con i più grandi.

Stavamo attraversando una zona in cui non ero mai stato e Sharif notando la preoccupazione che mi si leggeva in volto mi consigliò di stare sereno.

«Mi puoi spiegare che sta succedendo?»

«Niente, però parla piano, scemo» intervenne Claud.

«Almeno ditemi chi è 'sta tipa.»

Risero guardandosi negli occhi senza degnarmi di una risposta. Ci fermammo davanti al portone di un palazzo. Denise tirò fuori un mazzo di chiavi dalla tasca del giubbotto e lo aprì. Ci ritrovammo in un androne da cui partiva un ascensore. Per chiamarlo Denise utilizzò una seconda chiave dello stesso mazzo. Salimmo al terzo piano e percorremmo un corridoio stretto con tre, quattro porte chiuse su entrambi i lati. Claud mi mise una mano sulla spalla, mi voltai verso di lui e mi sorrise dicendo «vai ora».

Gli volevo bene. Non so perché lo pensai proprio in quel momento.

Denise aprì la porta e quando entrammo tutti ci invitò ad aspettarla all'ingresso.

«State qui che è un casino» disse.

Dalla finestra si vedeva l'ospedale e le due porte che separavano gli spazi erano piene di adesivi e solchi. L'appartamento aveva un aspetto poco dignitoso. La moquette era sporca e squarciata e un ventilatore a soffitto cigolava con le pale che giravano lentamente. Ci guardavamo intorno senza dire una parola e incrociando gli occhi degli altri mi resi conto che non ero l'unico a essere preoccupato.

«Inno!» urlò una voce dall'altra stanza.

«Inno, vieni!» era lei che gli stava chiedendo di seguirlo.

Tutti e tre come se si fossero messi d'accordo prima, mi guardarono e mi spinsero verso la porta.

«Vai te per primo» disse Claud.

Non mi diedero nemmeno il tempo di ribattere che mi trovai dentro quella che sembrava camera di Denise, chiuso a chiave da fuori. La sua stanza era buia e intrisa dell'odore denso di sigarette. La finestra era chiusa e coperta da una tenda pesante fucsia. I rumori arrivavano attutiti dalla strada: macchine, rimproveri, bambini che giocavano. Tutto era illuminato solo dalla luce fioca della lampada sul comodino, che rifletteva ombre sulle pareti. Denise si avvicinò a me, mi prese per mano e con un gran sorriso mi fece sedere sul letto.

«Rilassati» sussurrò, chinandosi per baciarmi sulle labbra. Sprofondai nel letto, in parte felice di non essere più in piedi, e in parte incazzato con i miei amici che mi avevano tenuto nascosto tutto questo.

«Rilassati» sussurrò di nuovo Denise, mentre mi penetrava le labbra con la lingua. Esitai qualche istante prima di toccarla. Sapeva di creme per i capelli, di sesso. Era la mia prima volta e continuavo a pensarlo più per paura che lo scoprisse.

Mi aprì la cerniera guardandomi dritto negli occhi e la sua testa sparì tra le mie gambe. La sua chioma di capelli si muoveva sotto di me lentamente mentre mi baciava la punta e poi lo ingoiava tutto. «Ti piace?» mi chiese mentre le mie gambe tremavano.

Ipnotizzato, respirando appena, continuai a guardarla e a leccarmi le labbra.

Si tolse la maglia e sollevandosi i seni piegò la testa per leccarsi i capezzoli.

In quel momento sentimmo il rumore della serratura scattare. Un attimo dopo la porta si aprì.

Claud era lì e alle sue spalle si intravedeva la testa di Inno e Sharif che provavano a spingerlo per guardare dentro. Era tutto così strano.

Denise continuava a leccarsi come se niente fosse e a guardarmi come se in quella stanza ci fossimo solo io e lei. Per un attimo pensai che fosse tutto un sogno e che non ero mai uscito di casa. Era impossibile che ci fosse una ragazza al mondo che desiderasse scoparmi.

Denise si mise in piedi senza spostare lo sguardo da me, prese per mano Claud e lo fece sedere sul letto accanto a me.

Restammo seduti vicini senza guardarci mai, le nostre gambe si sfioravano.

Sentivo il tessuto dei suoi jeans sulle mie ginocchia.

Claud mi prese per mano riempiendo gli spazi tra le mie dita.

«È la mia prima volta» disse fissando il corpo nudo che si muoveva lentamente davanti a lui. Poi tolse la mano dalla mia, la infilò dentro i suoi pantaloni e iniziò a toccarsi.

Capii solo in quell'istante che stavamo per perdere la verginità insieme.

Che avevano deciso senza consultarmi perché io mi sarei opposto.

La nostra amicizia, il legame che ci univa, arrivava anche a questo.

Al perdere qualcosa che solitamente si perde da soli insieme, come fossimo un'unica persona.

Slacciò la cintura, si abbassò i pantaloni e lasciò che Denise glielo prendesse in bocca.

Alternava il suo e il mio facendomi sentire tutti i denti che aveva in bocca. Si muoveva come se sapesse valutare con precisione il livello della mia eccitazione.

Fino in fondo, faceva scivolare la sua bocca avanti e indietro a un ritmo costante.

Claud si lasciò andare indietro e chiuse gli occhi.

Lo presi per mano e mi lasciai cadere insieme a lui.

Respiravamo forte, sentivo il suo alito caldo, i suoi muscoli in tensione.

Denise si mise sopra di me e si fece penetrare.

Con una mano la tenevo per un fianco mentre lei saliva e scendeva.

Quando aprii gli occhi mi resi conto che Sharif e Inno la stavano baciando.

Le baciavano la schiena, i capelli, gli occhi, i capezzoli.

Inno la penetrò da dietro e lei, mentre ansimava forte, quasi stesse soffocando teneva i sessi di Sharif e Claud, come per aggrapparsi.

Era per tutti la prima volta.

Sharif baciava ovunque, quasi incredulo e Denise sembrava provare piacere.

Durò tutto non più di dieci minuti e in quel lasso di tempo tutti la penetrammo più volte.

Nell'aria c'era un forte odore di sudore e le coperte erano bagnate.

Eiaculammo tutti quasi nello stesso momento e in quell'istante provammo vergogna per aver provato piacere.

Denise si accasciò e, distesa con i capelli sulla faccia come immersa in un lago nero, disse «ora però andatevene».

Ci rivestimmo in pochi secondi.

Scendemmo le scale del palazzo di corsa e per strada non parlammo di niente.

Fu una notte di silenzi quella.

Tenevamo le mani in tasca e ci proteggevamo dal freddo pensierosi.

Solo Sharif disse qualcosa.

«Lo farei una volta a settimana.»

Ridemmo tutti ma nessuno commentò.

Quando arrivai a casa, papà non era in salotto ad aspettarmi. Vidi la luce accesa della sua stanza, ma lasciai stare. Andai subito a letto, senza salutare nessuno e stanco com'ero mi addormentai di colpo. In bocca sentivo il sapore di Denise, addosso avevo l'odore dei miei amici più cari.

Forse sono diventato un uomo, pensavo.

21

Era mezzanotte passata quando mi svegliai sentendo la voce di Claud che mi chiamava da fuori.

Mi alzai dal letto, scostai la tenda e lo vidi. Era sotto casa mia, in bici accanto al lampione con le mani ai lati della bocca che ripeteva la parola "zero".

Non riuscivo a capire cosa stesse accadendo. Poche ore fa Denise e ora me lo ritrovavo sotto la finestra di camera mia nel bel mezzo della notte.

«Svegli mia sorella se urli così, ma sei scemo?» esclamai cercando di fare meno rumore possibile.

«Scusami Zero, ma non ho soldi nel telefono e non sapevo come chiamarti» rispose affannato.

Forse aveva corso.

«Ma la smetti di chiamarmi Zero?»

Aveva preso a chiamarmi così da settimane e tutti sentendolo avevano seguito a ruota. Quando mi presentavo e uno di loro era con me, mi interrompeva e diceva ridendo "lui è Zero" e quando qualcuno chiedeva spiegazioni rispondevano che era una lunga storia e che preferivo essere chiamato così. Claud era talmente convincente che anche mia sorella aveva iniziato a usare quel nome.

A me quel nome non piaceva. Lo zero non era un numero vincente ed ero anche convinto mi avrebbe portato sfiga.

«Finché tu non mi regalerai quella maglia di Gilbert Arenas, io continuerò a chiamarti così.»

Gilbert Arenas era un giocatore di basket e Claud amava la pallacanestro. Era una passione che gli aveva trasmesso il fratello.

«Non è mia, è di mio padre, non posso regalartela.»

«E se è di tuo padre perché tu la indossi?»

«Perché è mio padre» risposi convinto.

«E allora è anche il mio.»

«Smettila di dire cagate e dimmi che vuoi che è tardi e domani abbiamo lezione» faceva freddo e io avevo indosso solo il pigiama.

«Rilassati, non fare il duro solo perché hai scopato per la prima volta» rispose ridendo e la testa mi si riempì di immagini di quel momento.

«Parla piano, coglione» dissi con un dito sulle labbra.

«Coglione sarai tu.»

«Ok sono io il coglione, dimmi che sei venuto a fare.»

«Niente di particolare, ero in giro e ho pensato che sarebbe stato gentile farti gli auguri di compleanno.»

Mi misi a ridere forte dimenticandomi che avrei potuto svegliare tutti. Ridevo e non riuscivo a smettere.

«Ma lo vedi che sei tu il coglione? Il compleanno è domani.»

«Sono venuto a farteli prima così ti porto sfiga» urlò Claud e qualcuno del palazzo si affacciò.

«Andate a dormire» urlò un uomo con voce roca.

«Ci scusi» risposi continuando a ridere.

«Vabbè, ora vado, ciao Zero.»

Claud salì sulla bicicletta e cominciò a pedalare, si allontanò più in fretta che poté scivolando nella notte.

«Hei, grazie» urlai. «Grazie!»

Non mi sentì.

Continuai a ridere da solo per minuti alla finestra al punto che svegliai Stefania.

«Ma sei diventato matto? Mi spieghi che ci fai lì?» chiese con tono assonnato.

«Niente, scusami, ora mi metto a dormire.»

«Come niente? E poi perché stai ridendo?»

Mi sedetti sul bordo del letto e prima di infilarmi sotto le coperte risposi «sono felice».

Era la prima volta che dicevo una cosa simile.

22

Il mio compleanno non è mai stato un giorno speciale. Mamma mi dava un bacio sulla guancia e papà mi strofinava la mano sulla testa facendomi gli auguri. Nessuno mi ha mai organizzato una festa come accadeva ai miei coetanei e nel tempo ho iniziato a vivere con fastidio quello che doveva essere il mio giorno più speciale.

Crescendo ho cominciato a ignorarlo. A sperare, nella consapevolezza che difficilmente sarebbe accaduto, che nessuno mi organizzasse una festa a sorpresa.

Il giorno del mio tredicesimo compleanno furono i miei amici a fare in modo che non me lo potessi dimenticare. A scuola me lo ripetevano continuamente.

«Zero» mi chiamò Inno dal corridoio che portava ai bagni.

Era lì con Sharif che se ne stava appoggiato al muro con un'espressione da ebete e un sorriso ancora più stupido.

«Ancora con 'sto Zero?» chiesi avvicinandomi a loro.

«Dai, basta lamentarti» disse Sharif e Inno proseguì dicendo «oggi è un grande giorno, quindi poche stronzate del tipo "no, raga, ho da fare" o cose simili».

Da dietro una mano mi toccò la spalla. Era Claud.

«Quindi stasera alle 22 fatti trovare sotto casa, abbiamo già pensato a tutto» disse Sharif.

Dopo scuola mi buttai subito sul letto sperando di dormire un po', mentre mia sorella continuava a chiamarmi "Zero". Era in piedi davanti al mio letto e mi guardava con espressione felice.

«Dimmi» le dissi fingendo indifferenza.

Si sdraiò sul letto e mi abbracciò.

«Anch'io sono felice» mi sussurrò all'orecchio.

Sollevai la testa, fissando l'orologio che mia sorella aveva appeso al posto del crocefisso, erano da poco passate le ventidue. Andai in salotto, mi versai un bicchier d'acqua e mi infilai le scarpe.

«Dove vai?» mi chiese Stefania buttandosi sul divano.

«Esco con gli altri» risposi mentre aprivo la porta.

Il citofono suonò poco prima che la salutassi.

Mi infilai i guanti e la salutai.

«Copriti bene!» urlò in modo che la potessi sentire.

In quei giorni la pioggia puliva le strade, sporcava le macchine.

Mi stavano aspettando fuori dal cancello in bici.

«Sali con me, che siamo già in ritardo» mi disse Claud.

Gli stavo attaccato dietro, a volte sbandava, altre provava a impennare. Soffrivo e mi lamentavo a ogni sobbalzo.

«Ma ti lamenti sempre?» mi chiedevano in coro.

«Vorrei vedere voi seduti dietro Claud.»

«Comunque non stiamo andando da Denise, vero?»

Ridemmo tutti fino alle lacrime. Ridemmo talmente tanto che a un certo punto Claud perse il controllo della bici e andammo a sbattere contro un'auto parcheggiata. Una volta capito che non c'eravamo fatti niente, scappammo via prima che qualcuno si accorgesse di noi. La notte era ancora giovane e noi continuavamo a pedalare.

«Pensi mai: e se non dovesse andarmi bene con il calcio?» chiese Sharif a Inno.

«No, mai» rispose lui curvo con il cappuccio che gli copriva gli occhi e una mano in tasca per il freddo. Erano i primi giorni di novembre ma le nuvole che ci sfuggivano dalla bocca annunciavano che l'inverno era arrivato.

«E perché?» intervenne Claud.

«Perché non so fare altro e nella vita di certo non voglio fare l'operaio» affermò Inno con un filo di arroganza. «Io la scuola non la finirò mai, non sono mica come voi.»

Nella mia testa Inno avrebbe giocato a livelli alti e non

avevo mai considerato la possibilità di un suo fallimento. Nel posto dove vivevamo potevamo essere e diventare poche cose: essere neri, diventare dei calciatori, degli operai, degli spacciatori oppure morire. E noi, neri, lo eravamo già.

«Io, invece» confidò Claud curvo dentro quell'unico giubbotto che possedeva «da grande voglio fare i soldi. Voglio avere una casa grandissima e andare al lavoro in giacca e cravatta!»

«Lo vorremmo tutti» gli dissi amaro.

Sharif rise. Sulla strada le macchine passavano una dopo l'altra, i bus bloccavano il traffico e facevano tremare i vetri degli appartamenti al piano terra.

«Voi credete che io non ce la possa fare?» domandò Inno che aveva continuato a pensare a quella domanda, a quella percentuale di fallimento che prima nella sua testa non esisteva.

«Ce la farai! Basta che poi, appena fai i primi soldi, non ci rimpiazzi con degli amici bianchi» ribatté Sharif. Ridemmo tutti, spingendoci a vicenda dalle biciclette, rischiando di cadere di nuovo.

«Guarda che io non sono mica Claud. A me i bianchi non piacciono proprio» rispose Inno. Ridemmo di nuovo, stavolta un po' più convinti.

Arrivammo di lì a poco nel parcheggio di un centro commerciale circondato dal nulla. Parcheggiammo le biciclette e scavalcammo il cancello. Iniziammo a correre tutti verso il retro del supermercato fino a quando non salimmo su una scala a chiocciola di ferro che portava sul tetto. Non ero mai salito così in alto e il cuore mi batteva più forte del solito. Il tetto era piatto e in mezzo c'era una cupola di vetro che illuminava il centro commerciale.

«Che figata!» esclamò Sharif.

Ci avvicinammo al cornicione e sporgendoci vedevamo le nostre biciclette nella strada quasi deserta.

«Questo non è un tetto qualsiasi» disse Inno mettendomi un braccio intorno al collo con un ghigno che non prometteva nulla di buono.

«Siccome è il tuo giorno» mi indicò con il dito «questo è il tetto del mondo e da qui potrai esprimere ogni desiderio!»

Sharif applaudì come se avessi vinto un premio e Claud dandomi del lei disse «signor Zero non aspetti troppo, urli alla luna cosa desidera».

Ridevo facendo avanti e indietro nello spazio di un metro.

«Si muova Zero, non abbiamo tantissimo tempo» insistette Sharif.

«Voi siete pazzi» dissi continuando a fare su e giù scuotendo la testa.

«Signor Zero, vuole urlare alla luna cosa desidera sì o no?»

«Sì, signore!» risposi portandomi una mano sulla fronte imitando le mosse di un militare.

«E allora si muova!»

«Voglio essere felice!» urlai al cielo, alla luna, a Dio.

«Voglio che mia sorella smetta di pensare a me e si concentri su se stessa!» presi fiato.

«Voglio smettere di giudicare mio padre.»

«Voglio che quel coglione di Claud smetta di dire che se ne andrà» lo guardai con espressione seria quasi fossi pronto a menarlo.

«Voglio che Inno faccia i soldi con il calcio» sorrisi.

«Voglio che Sharif s'innamori di una che non sia Denise!»

«Voglio, voglio, voglio!» urlai lasciando un secondo di pausa tra una parola e l'altra.

«Voglio, voglio, voglio!» urlarono gli altri insieme seguendomi a ruota.

Lo urlammo per un tempo indefinito a occhi chiusi.

Volevamo tante cose dalla vita e le stavamo chiedendo al cielo, alla luna, a Dio.

Volevamo tutto quello che ci era stato negato, e in tutto questo avevamo solo tredici anni.

23

Il calcio è sempre stato motivo di discussione tra noi. Guardavamo insieme le partite dalle vetrine dei bar e le repliche la sera ognuno a casa propria. Quando la tua squadra perdeva, gli altri facevano battute fino alla partita successiva. I nostri coetanei vivevano il calcio in modo diverso, con meno intensità di noi. Inno andava in giro sempre con la tuta della Juve, io con i polsini dell'Inter.

Noi, a differenza dei nostri coetanei, ci picchiavamo per sciocchezze e poi non ci salutavamo per giorni se ci incontravamo per strada. Per poi fare pace e tornare alla normalità senza dirci una parola.

La prima volta che ci menammo tra noi fu proprio per una partita di calcio. Inno non voleva perdere e continuava a dire infastidito che avrebbe deciso lui quando sarebbe finita la partita. Provai a togliergli il pallone con la forza e lui mi mise le mani in faccia e io replicai con un calcio poco sotto il ginocchio. Gli altri provavano a dividerci mentre noi continuavamo a colpirci senza un reale motivo. Quella sera tornai a casa con il labbro gonfio. Non c'era nessuno, mi infilai sotto le coperte e piansi. Era la prima volta che piangevo per un amico.

Il giorno dopo andai a casa di Inno per scusarmi con lui, ma sua madre mi disse che era andato via con il padre a riempire le bombole. Gli operatori dell'Hera staccavano il gas il sabato mattina a chi non pagava le bollette. La domenica perciò si andava in macchina a riempire le bombole dal benzinaio per trenta euro senza ricevuta, subito dopo essere stati in chiesa. La famiglia di Inno era protestante e quasi tutti i miei amici credevano in qualcosa anche se diffidavano di tutto.

"Fidati, Dio esiste" mi dicevano.

Dio esisteva solo per quelli come noi che non potevano credere in nient'altro. Per quelli come noi, dei cibi freddi del giorno prima e jeans cuciti dove c'erano gli strappi, noi del "siamo fortunati perché c'è chi sta peggio" e dei rimproveri degli adulti che dalle finestre chiedevano di fare piano mentre giocavamo a muretto. Noi che vivevamo con il dubbio e non potevamo aprire a tutti, né rispondere, per la paura di essere portati via da chi invece avrebbe dovuto proteggerci. Perché a noi ci veniva ripetuto sempre che con gli assistenti sociali non ci dovevamo parlare. A noi lo sconforto ci veniva trasmesso dalle istituzioni, dai muri grigi della scuola, dal poco tempo che avevano i nostri genitori e dalla televisione, la rabbia dalle strade poco asfaltate e i campi di calcio che sparivano inghiottiti dal fango dopo le piogge.

Io in Dio non ci credevo, perché se tutto quello che era successo nella mia vita era per sua volontà, allora non meritava la mia fiducia. Allora preferivo fidarmi di mia sorella, di mio padre. La verità era che non mi fidavo nemmeno delle mie capacità, perché mi ero convinto che sbagliare fosse qualcosa di imperdonabile, non avevo capito che "fallito" non è chi fallisce, ma chi non ci prova.

24

Era arrivato l'inverno e in tasca nascondevamo le prime sigarette che fumavamo in comune, due tiri a testa. Iniziammo a guardare le ragazze in modo diverso e poiché Inno era considerato da molti carino, si aggiunse qualche figura femminile al gruppo. Gli altri ebbero le loro prime esperienze da soli molto prima di me e raccontavano entusiasti i loro rapporti nei dettagli. Avevano tutti qualcosa da dire, qualcuno palesemente raccontava episodi che si era solo immaginato, ma almeno partecipava, a differenza mia che assistevo in silenzio. Per molto tempo non ho avuto materia di racconto e quindi parlavo meno degli altri. A dire il vero ho sempre parlato meno di tutti. Anche in casa, la mia famiglia prendeva decisioni al posto mio, su cosa avrei dovuto fare e chi sarei diventato nella mia vita. Il fatto che non avessi un talento in particolare era uno stimolo per la loro immaginazione e quindi si andava per tentativi. Una settimana giocavo a basket e il mese dopo, non convinti, mi portavano a fare arti marziali senza consultarmi mai e sapere cosa pensassi realmente. Ho iniziato ad amare il calcio perché lo amava mio padre, per emularlo. Ma in realtà non me ne fregava niente. Quando partiva per lavoro, le partite non le seguivo con lo stesso entusiasmo di quando le guardavamo insieme. Le lasciavo a metà e poi alle ventidue e quaranta leggevo i risultati sul televideo e fingendo lo informavo sulla partita con il tono di chi l'aveva vista tutta con attenzione, raccontando i dettagli e spiegando le azioni per filo e per segno.

In quegli anni appresi che non è necessario convincere gli altri, che se qualcuno davvero ci ama e ci vuole, non ci segue, non prova a capirci sforzandosi, ma ci accompagna senza fare domande, accettando pure i nostri capricci. Non volevo accontentarmi, cercavo qualcuna disposta ad accettare i miei anni di abbracci trattenuti, il mio non aver superato il trauma di mia madre, i miei "ora non posso" e il mio non essere mai all'altezza della situazione. Perché era troppo facile accettare solo il mio amore, senza tutto il resto. Cercavo una che mi facesse riflettere anche stando in silenzio e che non avrebbe sminuito o giudicato le cose alle quali credevo, anche se le potevano sembrare sbagliate.

25

Sapevamo che quelle prime canne non ci avrebbero ammazzato. Quello che ignoravamo era che, senza che ce ne rendessimo conto, ci distraevano dalla vita. I più grandi in quartiere si drogavano per due ragioni: o per aumentare il piacere o per ridurre il dolore. Noi lo facevamo per avere qualcosa da fare. Ignoravamo il fatto che esistessero altri modi per vivere, che diventare grandi non significava solo poter prendere decisioni ma anche assumersi delle responsabilità. Dicevo a me stesso in continuazione "non me ne frega niente" eppure m'importava di tutto, dell'opinione della gente, dei miei amici. Sceglievo e prendevo decisioni non pensando a che effetto avrebbero avuto sulla mia vita, ma su cosa avrebbero detto di me gli altri. Quando una ragazza che mi apprestavo a conoscere non piaceva ai miei amici, d'un tratto non piaceva nemmeno a me. Una volta conobbi una ragazza di nome Alice, la mattina, fuori da scuola, venne lei a parlarmi. Si avvicinò con una scusa buffa, disse che le piacevano i miei calzini e che era bello il fatto che li lasciassi così in vista, che avevo stile. Non era bellissima, ma i suoi modi gentili mi piacquero. Uscimmo la settimana dopo, la portai in quartiere, le feci vedere e le descrissi le nostre strade come una madre descrive i propri figli. La presentai agli altri e la sera, dopo che se ne fu andata, Inno mi disse che non le piaceva, che potevo trovare di meglio e che non era abbastanza ricca. La sera stessa, tornato a casa, le scrissi per messaggio che non volevo rivederla più e lei rispose dopo un paio d'ore "come vuoi".

Andava così. Mi annullavo per paura di essere giudicato ed escluso. La paura di restare solo, per chi sa stare in silenzio, è molta di più, perché fa più rumore.

QUATTORDICI ANNI

26

Nessuno di noi aveva la cittadinanza. Nessuno di noi era mai uscito dall'Italia. Sapevamo solo che potevamo richiederla a diciott'anni e che alla consegna ci avrebbero chiesto di cantare l'inno nazionale. Tra di noi scherzando ci dicevamo che non ce l'avrebbero data perché non lo sapevamo a memoria.

Avevamo il permesso di soggiorno familiare e i passaporti custoditi nei cassetti dei nostri genitori. Inconsapevoli del fatto che tutto il tempo trascorso in fila, in questura, prima di poter lasciare le impronte digitali e consegnare le fototessere, nessuno ce lo avrebbe restituito. Ci chiamavano "Balotelli". Ridevano in coro quei bianchi stupidi che non riuscivano a distinguerci, a considerarci persone con identità diverse. I nigeriani e i ghanesi appena potevano partivano per l'Inghilterra, lasciavano le case popolari e il Paese che si ricordava di loro solo in campagna elettorale.

Quando i carabinieri ci fermavano, dopo averci chiesto i documenti, ci domandavano sempre perché non fossimo italiani.

"Parlate perfettamente" dicevano. Nemmeno loro conoscevano la legge.

Sharif rispondeva a ogni insulto urlando la parola "razzisti!" e Inno ogni volta gli andava dietro. I miei amici non capivano che non era razzismo quando ci chiamavano "negro di merda", non lo era essere guardati male o essere respinti da chi vedeva nella nostra pelle e nella forma dei nostri nasi qualcosa di non giusto e non conforme. Magari fosse stato quello il razzismo, saremmo stati ancora in tempo per poter insegnare ai più giovani che la diversità era prima di tutto un vantaggio. Il razzismo era altrove. Era essere nati in Italia e, all'età di nove anni, durante una gita con la scuola diretti a Londra venire bloccati in aeroporto perché privi di visto e capire in quel preciso momento di non essere come gli altri.

«*Il bambino non è italiano e senza visto non può passare*» così disse quell'uomo in divisa che non sapeva di cosa stesse parlando. «*Io sono italiano*» ripetevo mentre tutti mi guardavano in silenzio. In casa, papà me lo diceva sempre quando mi rifiutavo di mangiare con le mani e al Fufù preferivo gli spaghetti.

Pensavo al tempo che avevo impiegato per fare la valigia e lo zaino, le parole in inglese che avevo imparato a memoria anche solo per chiedere un'informazione. Mia sorella mi correggeva, diceva ridendo che non si capiva niente quando parlavo: "sbagli la pronuncia, mangia dai". Quel giorno mi riportarono a casa in auto e finsi di non essere dispiaciuto per non ferire nessuno. "Va tutto bene, sarà per un'altra volta" e mi chiusi in camera. Pensavo a cosa avrei detto ai miei compagni al loro ritorno.

Il razzismo era mio padre che non riusciva a pagarmi i libri per andare a scuola mentre la televisione e i giornali ci informavano ogni giorno di nuovi scandali e sprechi.

Il razzismo era la festa del papà perché non tutti ne avevano uno. Almeno dove crescevamo noi, ciò che accomunava tutti i miei amici, oltre il calcio, era l'assenza di una figura maschile, qualcuno che li portasse a giocare con quel pallone quando la madre faceva le notti e il pomeriggio era stanca. Da piccoli, loro sui quaderni disegnavano il padre che avrebbero voluto avere. Lo disegnavano alto come il sole e pieno di capelli.

Il razzismo era pagare un permesso di soggiorno e nel luogo di nascita leggere "Rimini".

Il razzismo era ogni volta che la gente non si ricordava che essere italiani non era un merito, ma un diritto.

27

La nostra era una tristezza genetica. Di quelle per cui diventare grande non serve perché tutto continuerà a esserlo più di te. Scordavo la luce accesa del bagno quando uscivo di corsa, capitava quando ero l'ultimo a uscire di casa e, quando rientravo, rendendomi conto che nessuno era tornato e le aveva spente, mi sentivo in colpa. Papà faceva di tutto per risparmiare, ma non serviva a niente. Il peggio arrivava per posta, vestito da assistente sociale, da poliziotto, da datore di lavoro e ci toglieva dalle mani le poche sicurezze che avevamo messo da parte.

La nostra era una tristezza genetica, fatta di padri che raccomandano i figli in fabbrica e la mattina si alzano insieme per andare al lavoro. Quasi rassegnati, consapevoli di essere tra quelli che erano al mondo senza una vita. Eravamo capri espiatori di un sistema basato sulla paura. Il sistema che stabiliva i crimini che non avevamo commesso e per il quale venivamo giudicati ogni giorno. Il sistema che sosteneva l'idea che il colore nero rappresentasse qualcosa di negativo, la morte. Come quando la madre di Inno mi chiese "perché ti vesti tutto di nero?" quasi infastidita. E io difendendomi risposi "perché dovrei vestirmi tutto di bianco?". Da quel giorno lei, ogni volta che si parlava di me, diceva che ero un ragazzino maleducato, che meritavo due schiaffi.

La nostra era una tristezza genetica. Eravamo generazioni traumatizzate dall'idea di essere davvero il male. La notte di

San Lorenzo, mentre la città guardava le stelle noi camminavamo in gruppo felici, ci guardavano come a dire "state-
ci lontani". Mettevano le mani in tasca per capire se li avevamo privati di qualcosa. Io guardavo male tutti. In quegli
anni li odiavo i bianchi.

Claud mi mise una mano sulla spalla e disse «tu pensi
troppo, rilassati Zero. E sai perché?».

«Perché?»

«Perché loro non sono la nostra gente.»

«E chi è la mia gente?» domandai curioso.

«Io, il tuo vicino di casa, chi ti considera un essere umano e non solo una minaccia.»

Rimasi in silenzio e continuai a guardarmi attorno.

«Ehi!» mi urlò nell'orecchio dandomi una pacca sulla spalla. «Io sinceramente preferisco essere considerato un crimi-
nale anche se non ho fatto niente che essere come loro. Perché la storia non si cancella e Dio non li perdonerà.»

«Dio perdona tutti, perché non dovrebbe perdonarli?»

«Zero, Dio non li perdonerà.»

«Dio non esiste e comunque perché? Dimmelo!»

«Perché nessun padre perdonerebbe chi ha ucciso i suoi
figli, nemmeno un padre disattento.»

La nostra era una tristezza genetica.

28

Quando chiamarono Inno al Bologna per fare il provino, andai insieme a lui. Ero fiero di essere suo amico e apparentemente quasi più emozionato di lui. Lo guardavo dagli spalti e urlavo il suo nome per incitarlo o avvisarlo quando un avversario cercava di togliergli il pallone dai piedi. Segnò due reti durante la partita di allenamento. Gli fecero firmare il contratto immediatamente. Ho ancora la foto di quel giorno. Dopo qualche mese però glielo rescissero perché Inno a scuola non aveva una buona media e quando alle partite non lo facevano giocare rispondeva male ai dirigenti e al mister. Per lui il calcio era solo correre dietro a un pallone, non tutta quella disciplina che provavano a imporgli.

I più grandi ci avevano sempre detto che nella vita bisognava lottare per conquistare la fiducia delle persone, quando invece la battaglia più dura si era rivelata quella per non deluderle. Perché è più facile trovare un pretesto per andarsene che un motivo per rimanere.

Quando il padre di Inno venne a sapere che l'avevano lasciato a casa, lo picchiò fin quasi ad ammazzarlo, al punto che la madre si mise in mezzo per fermarlo.

«Quelli come noi, non hanno un'altra occasione» urlava il padre. «Chi è nato in un quartiere difficile deve essere il migliore non per scelta ma per necessità. Per uscire da tutto questo schifo.» Abbassò gli occhi e andò nell'altra stanza.

Aveva le nocche sporche di sangue e non riusciva a chiudere la mano. Inno era a terra con gli occhi chiusi.

Quella fu l'ultima volta che lo picchiò. Capimmo solo anni dopo, quanto suo padre avesse ragione. Suo padre non lavorava per permettergli di studiare, di giocare a calcio, lui doveva studiare e allenarsi per poter permettere a suo padre di smettere di lavorare un giorno. E per tutti i figli di quel quartiere era così. Ogni occasione andava sfruttata con l'idea che non ce ne sarebbero state altre.

Quando i nostri genitori raccoglievano i giornali nell'atrio del palazzo, quelli dove nelle ultime pagine c'erano gli annunci delle case in affitto e loro ad alta voce si consultavano da una stanza all'altra perché in cerca di un posto migliore, noi ci sentivamo vuoti e infelici. Sapevamo che quello non era il luogo migliore al mondo, ma eravamo consapevoli del fatto che, per noi, quello sarebbe stato l'unico posto in cui saremmo potuti essere noi stessi, anche quando saremmo diventati stupidamente adulti. Chi ci consigliava di studiare per lasciarci alle spalle quel luogo, non aveva nulla alle spalle, se non qualche processo ancora in corso perché il turismo di ritorno per noi erano le scarcerazioni, i sogni infranti.

29

Chi nasce povero, difficilmente muore ricco. Muore ucciso, muore in fabbrica, muore solo, ma di sicuro non muore come in quei film dove le partite di coca ti cambiano la vita e il mondo diventa improvvisamente tuo. Chi nasce povero tratta tutto con la cura che si ha per le cose che si vengono prestate. Vive con addosso tutte le promesse ancora da deludere. Si difende per tutta la vita dal desiderio di un qualcosa che non si potrà mai permettere.

Mio padre, ogni volta che finivano i soldi, diceva "senza i soldi a cosa servono le idee?" e aveva ragione perché ogni pensiero che avevamo veniva ridimensionato dalla nostra condizione economica. E ci facevano soltanto innervosire quelli che continuavano a ripetere che i soldi non erano la felicità, che si comportavano come se arricchirsi fosse sbagliato. Noi sapevamo bene che i soldi erano una scala per poter vedere le cose dall'alto. Per poter entrare in quei ristoranti dove ti versavano da bere e comprare quelle scarpe che ti facevano toccare il ferro del canestro.

Quando andavamo alle feste dei "bianchi", nei nostri occhi da emarginati c'era tutto ciò che il nostro destino ci obbligava a rivelare. Stavo in un angolo a guardare le feste finire, senza finirci dentro vedevo svuotarsi le piste. Solo Inno e Claud riuscivano a portarsele a letto quelle ragazze altezzose. Claud desiderava far parte di quel mondo, essere un benestante e avere vestiti alla moda. Diceva per ride-

re che si sarebbe sposato con una donna bianca e che si sarebbe fatto mantenere.

"Fidatevi di me, raga" diceva sorridente quando ci raccontava il suo piano. Aveva sempre la risposta pronta e si
sentiva a suo agio in mezzo a tutta quella gente che guardavo con distacco. Invidiavo la facilità con la quale parlava con le ragazze, il suo modo di adattarsi anche nelle situazioni difficili. Io sudavo quando attiravo l'attenzione di
qualcuna, le salutavo tutte prima del tempo. Mi rendevo
conto che avevo qualcosa da dire solo un attimo dopo che
se n'erano andate.

30

Quando discutevamo, Pau faceva finta di guardare le vetrine. Non rispondeva alle mie domande per interi tratti di strada camminandomi affianco. Avevo capito standole vicino che io quando mi arrabbiavo volevo subito risolvere e continuavo a parlare mentre per lei cedere senza resistere era un segno di debolezza e solo dopo un po' negoziava. Era venuta a me come i legni sulla spiaggia. Una ragazza di buona famiglia, nata e cresciuta in centro città. I capelli ricci, il seno che le metteva in risalto ogni scollatura, la pelle dorata e i genitori che si rifiutavano di imparare l'italiano e che aspettavano solo il momento giusto per tornare in Colombia. A guardarla poteva sembrare superficiale, ma appena apriva bocca quella prima impressione svaniva all'istante. Aveva un paio di occhi profondi e scuri, i lineamenti marcati. Indossava sempre un giubbotto marrone che non la rendeva bella per niente. Non sapeva essere elegante e ogni volta che sputava per terra il catarro delle sigarette, ai miei rimproveri rispondeva ridendo.

Io e Pau ci aspettavamo dopo scuola. Fuori casa, le macchine passavano e il freddo abbracciava soprattutto chi lo sentiva. La città divisa dalle piste ciclabili, noi da uno schermo e dalle incomprensioni adolescenziali. Ci mandavamo messaggi e quando non lo facevamo, era perché quello che volevamo dirci era inesprimibile a parole. Mi ero innamorato di lei quando avevo imparato ad accettare tutto quello che di lei non potevo cambiare, ad accettare anche il fatto che non c'era niente di sbagliato in questo. Non sopportavo il fatto che fosse troppo socievole: per educazione, parlava con ogni ragazzo che le rivolgeva la parola. Ci eravamo conosciuti sotto i portici vicino all'Upim, quasi per caso, in una mattina in cui aveva da accendere e io da fumare e da una chiacchierata era nata un'amicizia che molti attorno a noi già chiamavano "amore". Di quel giorno ho un ricordo sfumato, spesso quando mi capita di parlarne penso che vorrei che qualcuno avesse ripreso quei momenti con una videocamera, per poter rivedere com'eravamo e quanto siamo cambiati. Passavamo ore al telefono. Ogni volta mi raccontava sempre le stesse cose e io le rispondevo come se non le avessi mai sentite. Ci promettevamo che il nostro rapporto non sarebbe mai cambiato. Lei voleva prima di tutto che fossi suo amico.

Aveva capelli lunghissimi che stendeva sulle spalle. Non volevo mai darle la mano quando eravamo in giro, le persone la guardavano come a dire "perché stai con lui?". Lei tutti quegli sguardi non li vedeva ma io non riuscivo a non farci caso. Quando mi chiedeva di uscire io le proponevo sempre di restare a casa, guardare un film, scopare.

Un giorno mangiavamo il gelato, fuori faceva caldo e noi avevamo discusso per tutto il tempo senza motivo. Pau con la testa china su un lato per non farlo sciogliere disse «mia madre mi ha sempre ripetuto che non ha senso provare rancore, perché quello è un sentimento che ferisce solo chi lo prova» forse riferendosi a noi.

Nei primi mesi io e sua madre non avevamo un buon rapporto, soprattutto perché non ci capivamo. Lei parlava solo in spagnolo e quando apriva la porta per riferire alla figlia che ero io, le urlava "llegó el nigro" e io nella mia ignoranza pensavo che "nigro" lo dicesse per offendermi e quindi la salutavo appena. Solo col tempo compresi che in spagnolo quel termine non veniva utilizzato in modo dispregiativo.

Quando ebbi modo di conoscerla meglio, scoprii in sua madre una donna piena di allegria, un'eterna bambina dominata dal marito, incapace di seguire il suo volere. Pau, quando le facevano notare la somiglianza con la madre, diceva sempre che non voleva essere come lei, che nessuno le avrebbe mai messo i piedi in testa nella sua vita e ogni tanto aggiungeva "nemmeno tu" riferendosi a me.

Le volte che le cose andavano per il verso giusto tra di noi, saliva le scale voltandosi ogni tanto per non darmi le spalle, non aveva paura. I suoi capelli si intromettevano tra i nostri baci dove metteva poca lingua, godeva e ansimava tra i denti perché si vergognava. Voleva fare l'amore con la luce spenta. Non voleva prenderlo in bocca e nemmeno salirmi sopra, io a volte mi lamentavo, lei diceva di non sentirsi pronta e allora in quel momento le parlavo delle ragazze dei miei amici e provavo a farla sentire in colpa spiegandole che forse non mi amava abbastanza. Prima di fare l'amore le baciavo sempre i capezzoli come un rito, e poi le infilavo due dita che prima leccavo guardandola negli occhi. Erano tutte cose che avevo visto fare nei video porno che nascondevo sul cellulare. Le volte che non venivo, non si sentiva bella, mi dava le spalle e guardava fuori per giornate intere. Le dicevo che non era niente ma lei già mi parlava come se non fosse abbastanza.

Diceva "perché voi neri?" e le ribadivo che non eravamo tutti uguali, che essere nero non era una nazionalità. Si scusava, "ho capito" diceva stufa. Buttavo tutto lontano convinto potesse salvarmi. Dei miei problemi non parlavo, non mi sentivo pronto. Di mia madre e mio padre non sapeva niente. Quella bambina che lasciava le cose a metà sul tavolo mi lasciò quando arrivarono le prime giornate calde in cui non sai mai come vestirti. Era diventata grande in fretta e crescendo mi disse "vorrei fare delle esperienze, non posso legarmi a una sola persona, sono ancora piccola", "vorrei divertirmi quest'estate". Mi sentii come se le donne della mia vita fossero destinate a lasciarmi.

Avrei voluto avere un muro di Berlino da poter abbattere ogni volta che qualcuno decideva di privarsi di me, solo per vedere subito cosa ci fosse dall'altra parte. Senza aspettare e lasciare il ruolo di giudice nelle mani del tempo. Avrei voluto essere felice a quattordici anni. Esserlo davvero e non come chi è abituato al freddo e chiama primavera tutto quello che accade sopra gli zero gradi. Ho cercato spesso di non esserci in quell'età dove uno scambio fugace di numeri di telefono che poi sparivano in tasca dava spazio a nuove relazioni. Pau mi è mancata quando mi nascondevo dalle persone per poterle osservare, quando nello scontro con i miei malumori ho sentito la necessità di trovare un centro. Vedendomi triste mia sorella diceva "La felicità è pochi istanti. Non durerà mai di più".

Ma io non mi sentivo felice neppure in quegli istanti, perché più che a viverla, la felicità, pensavo a proteggerla.

Per Pau, dopo che mi lasciò, sono diventato il ragazzo con cui fare tardi prima di uscire con un altro, prima di uscire con quelli che non conosceva ma che per non so quale ragione preferiva a me. Io ero quello dei consigli, dei problemi e delle soluzioni. Ero la risposta certa prima che cadesse la linea, il cellulare mai occupato.

Per Pau poi sono stato il ragazzo che piangeva quando lei era distratta, che non ammetteva di averlo fatto. "Ma che fai, piangi?" mi chiedeva spingendomi per far sì che alzassi la testa.

Mi calpestava senza rendersene conto, mi spegneva ogni volta che parlava di altri e delle sue conquiste.

"Ma non hai ancora capito che è una troia?" mi diceva Claud.

Io non ci credevo, lei si comportava così solo per mettermi alla prova. Lei nel profondo mi amava ancora. Non accettavo la realtà. L'amavo più di tutti, di ogni altra cosa al mondo e, nonostante questo, lei spariva ogni volta che poteva dirmi qualcosa di bello. Ho provato a ignorarla, a essere duro come il vetro, ma per lei ero solo trasparente. Continuavo a crederci perché tornava sempre, perché mi diceva "è finita" ma mai "non cercarmi più". Non so cosa volesse da me, e credo che nemmeno lei lo sapesse. "Lei non ha capito quanto ci tieni" mi diceva invece mia sorella.

Penso che se davvero lei non l'avesse capito, mi avrebbe lasciato andare subito per sempre.

L'ULTIMO INVERNO INSIEME A CLAUD

31

La professoressa chiese a tutti di scrivere una poesia per l'anniversario del tricolore. «Scrivete anche poche parole. L'importante è che rappresenti cos'è per voi l'Italia» disse rivolgendosi alla classe. Tutti iniziarono a scrivere concentrati. Io guardavo il foglio bianco al centro del banco, accanto la penna e l'astuccio aperto.

Dopo quaranta minuti, scrissi "rinuncia a chi non si accorge di nulla" e lo consegnai. La prof, quando me lo restituì, scrisse in rosso che non avevo capito il compito.

32

Scoprimmo tardi i rapper di New York e quando accadde la nostra vita cambiò. Traducevamo i testi di Nas e i Mobb Deep al computer e scrivevamo le prime rime sulle strumentali di Havoc. La musica ci tolse dalle piazze, tolse tempo alle relazioni con chiunque non condividesse le nostre passioni. I vestiti larghi sostituirono ogni dubbio, ogni consiglio su cosa indossare. Attraversavamo i quartieri in bicicletta come su aerei. E mentre i nostri genitori disarmati si separavano, noi continuavamo a fare sessioni di prove come se ci stessimo preparando per un tour europeo. Per mostrare al mondo il nostro talento come in Mongolian Chop Squad. Mare di parole inutili facevano da cuscinetto nelle nostre giornate tutte uguali per non fermarci a pensare a quello che ci sarebbe spettato, perché da quella vita noi volevamo prendere le distanze. Ricordo la sera in cui giocammo a calcio nel campo abbandonato. Quello in sintetico vicino a via Trieste. La palla finì fuori dalla recinzione dopo un tiro calibrato male e si infilò per sbaglio in un giardino privato. Era buio, non si vedeva niente. Senza pensarci entrammo ridendo. Scavalcammo il cancello e ci mettemmo a cercare la palla che si era infilata sotto un lettino di plastica verde. Sentimmo dei rumori, un signore uscì dalla porta di vetro, urlandoci contro parolacce e offese, convinto che fossimo ladri. Aveva un coltello da cucina in mano e aveva la chiara intenzione di usarlo. Tagliò la strada a Claud e riuscì a ferirlo alla pancia. Subito gli saltammo addosso per immobilizzarlo. Qualcuno chiamò la polizia, voci lontane urlavano «i negri hanno ferito un signore!».

«Dei neri sono entrati in una casa!»

«Quei ragazzi stanno aggredendo il proprietario di casa!»

«Piero! Piero! Tutto bene?»

Le voci si moltiplicarono e le luci nei palazzi iniziarono ad accendersi una dopo l'altra. Quell'uomo bianco in pigiama dopo che finì per terra non riuscì più ad alzarsi.

Aveva le mani sporche di sangue e teneva ancora stretto il coltello.

«Figlio di puttana, ma che cazzo hai fatto?»

«Fascista!»

«Ora ti ammazzo!» urlavamo fuori controllo.

Nessuno sembrava essersi accorto di Claud a terra, pieno di sangue. Lo prendemmo in braccio e scappammo di corsa. Per paura. Paura che morisse. Dentro la mia testa rimbombavano le parole di Prodigy e Havoc.

Diretti verso l'ospedale con il terrore che ci scorreva nelle vene come cascate sembravamo solo giovani ubriachi sporchi sotto il silenzio.

«Fossimo stati bianchi, non avrebbe reagito così.»

«Ok, ma non si entra in quel modo in casa delle persone.»

«Quel vecchio di merda, ma sarà normale?»

«Avrei dovuto dargli un pugno in faccia.»

«Claud! Claud! Non chiudere gli occhi!»

«Mi senti?»

«Fanculo.»

«Tienilo meglio dalle gambe.»

«Sono stanco raga, andate avanti voi, vi raggiungo.»

«Comunque sì, fossimo stati bianchi staremmo ancora giocando a calcio ora» dicevamo, le nostre voci accavallate una sull'altra, mentre correvamo senza sosta con il nostro amico in braccio. Quella mattina mia sorella non mi aveva baciato sulla fronte, sentivamo le sirene della polizia lontane, Claud piangeva e tirava su con il naso. «Manca poco» ripetevamo per rassicurarlo.

I semafori erano tutti gialli e gli incroci liberi dalle auto.

Sembrava fossimo rimasti gli unici sulla terra. Sudati e vestiti leggeri perché avevamo scordato gli zaini e i jeans sulle panchine. Il rumore dei tacchetti delle scarpe da calcio provocava un ritmo infernale sull'asfalto.

Io non parlavo. Avevo timore di realizzare che non fosse solo un incubo quello che stavo vivendo. Guardavo la strada con il respiro affannato e il sudore bruciante sugli occhi spalancati. Pensavo a mia madre, alle parole che mi ripeteva sempre quando da bambino smorzava il mio entusiasmo, quando le raccontavo le mie nuove amicizie. "Stai attento, i bianchi nei neri vedono sempre qualcosa di cattivo."

33

Rimase in silenzio. Un silenzio doloroso.

Ma io non ero lì per sentire il suo silenzio.

Avevo bisogno di risposte che potessero contraddire le voci che giravano in quartiere.

«Mi hanno detto che te ne vai, è vero?» alzai la voce.

Claud era sdraiato sul letto quasi del tutto nudo, a eccezione di un paio di mutande. Gli avevano fasciato le costole e tamponato la ferita. Ci teneva la mano appoggiata sopra e la tastava lentamente.

Il letto era attaccato al muro, subito a destra della porta. Lui guardava fuori l'ammasso di luci in movimento e non parlava.

«Claud, rispondimi porca troia!» urlai. Teneva gli occhi bassi.

«Quindi te ne vai?»

Sua madre aveva deciso per lui. Quando la polizia li aveva chiamati dall'ospedale, loro avevano addirittura capito che fosse morto e lei si era messa a piangere lasciandosi cadere a terra.

"Lui è qui per studiare" ripeteva sua madre a tutte le persone che le chiedevano se era sicura di separarsi da suo figlio. "Qui non sta studiando, deve andare da suo cugino a Marsiglia." Chiesero un prestito ai nonni in Costa d'Avorio e con quei soldi comprarono un volo senza neanche avvertirlo.

Non avevo né il tempo per dirgli quanto mi sarebbe mancato, né il cuore per farlo.

Il fumo della sua sigaretta si srotolava nella stanza.

«Guardami cazzo» la mia voce si ruppe.

Odiai quella sensazione di debolezza che si stava impossessando di me quando avrei avuto bisogno di essere forte. Ero sicuro che se non avessi pianto l'avrei convinto a restare come tutte quelle volte che si era rifiutato di giocare a muretto e poi aveva ceduto. Questa volta però non si voltò verso di me. Mi fiondai su di lui, lo presi per le spalle e solo dopo averlo strattonato brutalmente per alcuni istanti mi resi conto che stava piangendo.

Mi buttai tra le sue braccia e scoppiai a piangere.

La vita si comportava come se volesse ucciderci, ma poi non ci uccideva.

34

Claud partì una settimana dopo per Marsiglia.

Quando perdi qualcuno non è come quando perdi qualcosa. Le persone che non ci sono non hanno un posto. Non puoi ripercorrere il percorso fatto fino a quel punto per ritrovarle. Nessuno può restituirtele e nemmeno risarcirti il tempo che perderai provando a distrarti. Nessuno mi aveva spiegato che a volte non si ha la forza per farlo, che ricominciare non inizia in un luogo o con una presa di posizione, che quando cercherai di provarci, penserai "non cambierà niente" e abbasserai gli occhi cambiando direzione. Sentivo fortissime emozioni, ma avevo disimparato la capacità di esprimerle. Mi capitava raramente di urlare, piangere o perdere il controllo come tutti gli altri. Sapevo solo constatare ogni cosa in silenzio. Sentivo solo le finestre che si aprivano quando camminavo la notte. Parlarsi al telefono, nonostante ci raccontassimo tutto, era più un modo per dirsi "non ti ho ancora dimenticato". Non ringrazierò mai ciò che non mi ha ucciso, ciò che avrebbe dovuto fortificarmi. Se avessi potuto, avrei scelto di essere debole, ma con meno mancanze. Per una volta avevo creduto che sarebbe stato facile e mi ero sbagliato. Noi non eravamo la strada, né i marciapiedi del nostro quartiere quando fuori pioveva. Noi eravamo la pioggia, le gocce che il giorno dopo non c'erano più.

La polizia ci fermò superato il casello. Guardarono dentro l'auto e subito dopo ci chiesero di sostare poco più avanti. «Scappa scappa!» dissi scherzando e ridemmo tutti e sentendo il rumore delle nostre risate mi accorsi che insieme non lo facevamo da un po'. Ci fecero aprire il baule per controllarlo con le torce. Rientravamo da Bologna. Diabry, il fratello di Claud, aveva deciso di portarci lì per stare tutti insieme.

"Mi sembrate dei morti viventi, oggi andiamo a fare due passi sotto i portici."

Il suo era stato un bel gesto in un periodo dove insieme, io, Sharif e Inno non riuscivamo a stare. Pioveva forte e il mondo finiva dentro le gocce che si posavano sui vetri. «Mi scusi, è successo qualcosa?» chiese il fratello di Claud con tono gentile. L'uomo in divisa da sopra gli occhiali ci guardò e non rispose.

«Lascia stare» disse Inno sbuffando.

«Sicuro staremo qui tutto il giorno» aggiunse Sherif posando il viso sul palmo della mano scocciato.

«Non vedevano l'ora di fermare un branco di negri.»

Ridemmo ancora tutti insieme senza farci sentire. Quell'uomo tornò verso di noi e iniziò a controllare la targa e l'assicurazione.

Gli sbirri continuarono a farci domande per un'ora senza mai guardarci negli occhi e a frugare con lo sguardo dentro l'auto per capire se avevamo delle sostanze.

«Non abbiamo niente» rispondevamo in coro.

«Sicuri? Se dovessimo trovare qualcosa, poi sarebbe peggio.»

Fecero le loro chiamate, controllarono i documenti e dopo un'ora e mezza ci lasciarono andare. Ci fecero una multa perché dietro non avevamo messo la cintura.

«Claud ha fatto bene ad andarsene» disse Inno mentre imboccavamo nuovamente l'autostrada.

SEDICI ANNI

37

I primi veri problemi iniziarono quando papà perse il lavoro. La ditta per cui lavorava chiuse perché non quadravano i conti e lui si trovò disoccupato da un giorno all'altro, con una calcolatrice in mano nei corridoi stretti del Lidl a controllare il prezzo di prodotti che prima acquistava senza pensarci troppo. La vita gli ha insegnato ad apprezzare le cose di cui non comprendeva il valore.

Papà non l'ha mai amato quel lavoro, tutta quella polvere, il male alle ginocchia, non potersi ammalare perché senza contratto, entrare in casa della gente e aver paura di danneggiare le cose. Era un tipo maldestro, come si muoveva faceva danni. Mamma quando rompeva un piatto si portava le mani ai capelli e urlava il nome di Dio invano. Noi entravamo in cucina, convinti fosse capitato qualcosa di grave e preoccupati chiedevamo "che è successo?". Mamma ci diceva sempre "qualcuno nonostante tutto nasce piccolo ma pesante, vostro padre è nato così" e rideva. Non mi rendevo conto che la ferivo ogni volta che non condividevo la sua allegria. Lei era così, non reggeva la solitudine in nessuna forma e forse per questo ci ha cacciati. Perché la facevamo sentire sola.

Mio padre lavorava quaranta ore alla settimana in un'azienda specializzata nel settore delle pavimentazioni. Non aveva avuto alcun sentore che la società stesse passando un momento di crisi e quindi non si era preparato alcuna alternativa.

Quando parlava del suo lavoro, si percepiva la convinzione che nessuno avrebbe potuto toglierglielo quel posto, perché se l'era meritato. Lo pagavano in nero e mai si erano preoccupati di assumerlo. I pochi soldi che riusciva a mettere da parte, li mandava in Angola.

Perdere il lavoro è come sentirsi piegato da ogni vento, privato di ogni certezza e lui non trovò subito la forza di reagire, di andare a bussare a nuove porte nella speranza che lo assumessero, al contrario si abbandonò sul divano per settimane senza dire una parola. "Oggi non lavori?" chiedeva ogni mattina Stefania sorpresa e papà non diceva nulla, fino a quando scoprimmo da soli che convivevamo con un disoccupato.

Passato quel primo brutto periodo, si mise in cerca di un altro lavoro e trovò posto come sorvegliante in un bagno al mare. Lavorava la notte: doveva controllare che nessuno dormisse sulla spiaggia e sui lettini e che non sparisse nulla.

In quel periodo i furti erano aumentati, continuavano a sparire scooter e auto e a qualcuno erano anche entrati in casa. La nostra fortuna, se così si può dire, era che molti dei ragazzi che commettevano i furti vivevano in quartiere e ricordo che chiesi a tutti di non andare a rubare dove lavorava papà. Loro mi rassicurarono facendomi però sentire in colpa perché avevo pensato a una cosa del genere.

Papà tornava a casa la mattina presto e dormiva fino a pomeriggio tardi.

Non diceva una parola quando apriva gli occhi.

Entrava in bagno, poi ritornava in camera, si vestiva e andava alla spiaggia con indosso un giubbino arancione che lo rendeva buffo. Stefania provava a farlo ridere, gli diceva che sembrava un ghiacciolo all'arancia. Smettemmo di ridere presto perché papà perse anche quel lavoro. Nel giro di poche settimane. Una mattina ricevette una chiamata dai carabinieri perché aveva ricevuto una denuncia. La sera che non era di turno, tre individui avevano portato via in pochi minuti un televisore, un microonde, due poltrone e qualche centinaia di euro che in quel periodo per molti erano un lusso. Fu accusato dal proprietario di essere complice del furto ma quando poi le forze dell'ordine si trovarono in assenza di prove le accuse su di lui vennero revocate.

Papà si sentì per la seconda volta piegato dal vento della nostra vita che da quel momento prese una svolta stranissima.

38

Sharif lasciò la scuola a sedici anni e fu il primo del gruppo a farlo. Iniziò a frequentarla sempre meno e di notte stava in giro fino a tardi insieme ai suoi connazionali davanti a quei negozi di alimentari che noi chiamavamo "Bangla".

Inno lo chiamarono al Forlì, che militava in Serie C e spesso lo convocavano con la prima squadra. Sua madre era convinta andasse a giocare in Serie A e lui ci raccontò che quando firmò il contratto, la sera a tavola fantasticarono per ore sui futuri possibili, quando fino a un attimo prima non era stato possibile immaginarselo un futuro.

In tribuna, quando andavamo a vedere le sue partite, urlavamo il suo nome e imprecavamo contro gli avversari. Lui ci salutava alzando la mano e poi si sedeva in panchina e ci restava per tutta la partita e quando gli chiedevamo spiegazioni, ci diceva che presto sarebbe arrivato il suo momento.

Continuavamo a incontrarci la sera, tre volte a settimana, parlavamo di quello che ci stava succedendo, delle ragazze che ci volevamo fare e del coraggio che ci mancava.

Il secondo a lasciare la scuola fui io.

Non ne potevo più e solo alzarmi la mattina e uscire a piedi per arrivarci mi faceva stare male. Lo dissi a Inno e lui commentò "da quando quella ti ha lasciato tu non ti sei più ripreso". Erano passati due anni e ancora mi capitava di cercarla tra la gente, di perdermi nei ricordi.

Avevo ripreso ad abbassare lo sguardo tra gli sconosciuti,

a non dire una parola anche con le persone che ritenevo più care. I problemi in casa e fuori mi facevano sentire inadatto e in classe per me era diventato sempre più difficile stare attento e seguire le lezioni. Desideravo solo allontanarmi da tutti senza spiegazioni, senza che ci fosse nessuno ad aspettarmi. Spiegai a mio padre che volevo lasciare la scuola e gli dissi che sarebbe stata solo una pausa, che stavo vivendo una fase della vita in cui sentivo che fermarmi mi sarebbe servito. Papà mi guardò negli occhi ma non si espresse. Stefi dalla cucina disse con tono rassegnato "sei un egoista" e io accettai le sue parole senza commentare. Lasciare la scuola per loro voleva dire rinunciare ad avere un futuro mentre io sentivo che andandoci stavo rinunciando al mio presente. Da bambino gli aeroplanini di carta che facevo non volavano mai e allora li prendevo in mano e, mentre imitavo il rumore dei motori degli aerei, li accompagnavo in quel volo che avevo voluto facessero da soli. In quella fase della mia vita, dove ogni problema, anche il più piccolo, mi sembrava insormontabile, sentivo solo il bisogno che qualcuno mi prendesse per mano, ma non mi lasciavo aiutare.

Claud lo sentivo sempre meno e Sharif passava la maggior parte del tempo con i suoi connazionali e altri ragazzi che in molti definivano "poco di buono". Non ho mai capito questo modo di definire un individuo, nella mia adolescenza per molti lo sono stato e io ho sempre creduto mi definissero così perché la vita mi aveva lasciato poco di buono.

Inno invece un futuro se lo stava costruendo. Aveva imparato a stare zitto, ad accettare i ruoli e a capire che nella vita le cose bisognava meritarle e non pretenderle con la forza.

«Ti chiedi mai se ha senso aspettare?» mi chiese Inno un pomeriggio. Era seduto sul suo letto con la schiena appoggiata al muro con un libro in mano. Stava leggendo *L'arte della guerra* di Tzu Sun.

«Da quando leggi libri tu?» gli chiesi stupito mentre mi sedevo vicino a lui.

«Infatti non lo sto leggendo, lo sto sfogliando» rispose scocciato.

Camera di Inno era piena di poster e borsoni di calcio.

Sul davanzale della finestra c'erano le scarpe con i tacchetti sporche di terra.

«Sì, e credo abbia senso aspettare» dissi senza distogliere lo sguardo dalle sue scarpe.

«Io non lo so» si portò una mano sul volto come a pulirsi gli occhi, «vorrei mandare a fare in culo tutti, entrare in campo e spaccare la porta.»

«Vorrei scrivere a quel coglione di Claud e dirgli che andandosene ci ha fatto un torto» continuò tenendo gli occhi chiusi.

«Non è colpa sua, non l'ha deciso lui.»

«Sì, ma almeno tornare un'estate, un weekend, un giorno, no?»

«Inno, dobbiamo aspettare, farlo sentire in colpa o accusarlo non risolverà niente.»

Si voltò verso di me e mi promise che si sarebbe impegnato, che avrebbe fatto di tutto per poter ottenere la fiducia del mister. Disse che sarebbero bastati pochi gol per poter iniziare a guadagnare i primi soldi e che con quelli avrebbe comprato un biglietto per Claud e che poi saremmo andati a trovare Denise e poi sul tetto del mondo.

Ridemmo come quando eravamo bambini.

39

Mia sorella gli scontri spesso li vinceva sbattendo la porta
o alzando le spalle. Una parte di lei era rimasta bambina,
lo si poteva notare dalle movenze, parole brevi, girava scal-
za per casa. Ci siamo voluti sempre bene pur essendo in disaccordo su tutto, in quelle giornate lunghissime dove continuavamo a cadere.

«La gente nemmeno se ne accorge che non dormi la notte e che vorresti non esserci la mattina» sussurrò con gli occhi gonfi di sonno. Teneva in mano una busta di plastica
dove aveva raggruppato i curricula e avanzava piano verso la fermata del tre con me vicino. Il fruttivendolo ci aveva appena salutati e noi ricambiammo con diffidenza perché il più delle volte fingeva di non vederci quando aveva
gente in negozio.

Gli amici di papà ci chiedevano "come state?" come a
ricordarci in che situazione eravamo, le domandavano se
stesse lavorando e lei, in un imbarazzo che solo io notavo,
annuiva senza aggiungere altro. A me invece dicevano che
ormai ero diventato uomo e con la mano mi mostrava-
no quanto ero alto quando mi avevano conosciuto. Faceva
caldo, era quasi finita la primavera. Stefania soffriva perché
non riusciva a trovare lavoro e aiutare papà.

Entravo in casa e lei non c'era mai, era sempre altrove.

A Inno dicevo che avevo paura che si perdesse.

Di perderla. Sotto casa, all'età di nove anni, mi insegnò

ad andare sulla bicicletta. Mi spingeva urlandomi alle spalle "vai". Io pedalavo fortissimo, spingevo con i piedi cercando l'equilibrio con il sedere. Avevamo una Graziella nera con la sella bianca di plastica. Mi aggrappavo a lei quando avevo paura di cadere e farmi male. L'ho fatto per diversi anni.

Ci sono persone che sono alberi su cui puoi aggrapparti senza farti male.

Da piccoli, l'unico anno in cui andammo al gruppo estivo riuscimmo a fare un viaggio insieme al Lago di Como. Noi stavamo sempre insieme e non ci mischiavamo con nessuno. Gli altri non capivano e noi ridevamo da soli. Parlavamo in lingala e giudicavamo tutti come loro giudicavano noi.

"O zo tala nini?"

"Bo sokolaka te"

"Tala missu" dicevamo a bassa voce.

Non provavamo un vero odio verso i bianchi ma odiavamo il fatto che provassero a farci sentire sbagliati. Nostro padre ci aveva insegnato a mangiare con le mani, ci aveva trasmesso l'orgoglio e le mappe dei luoghi che in un futuro prossimo avremmo potuto chiamare "casa".

Nostra madre non ci ha voluti e per questo, in parte, noi non siamo stati suoi figli.

Come potevamo sentirci italiani?

Come potevamo essere figli di chi avrebbe aspettato diciott'anni prima di riconoscerci?

40

Stefania si sentiva sempre responsabile quando le cose non andavano come avrebbe voluto. Era convinta di valere meno delle sue coetanee solo perché loro avevano un ragazzo, una macchina, l'indipendenza che lei aveva rincorso per tutta l'adolescenza. Incolpava la vita che l'aveva spinta a lavorare nei pomeriggi dopo scuola mentre il mondo fuori si formava e le altre ragazze facevano esperienze. Non si ribellava mai perché non amava dare dispiaceri alla gente. Semplicemente se ne andava quando era in disaccordo con qualcuno, vinceva la sua battaglia rinunciando a combattere. Manifestava così la bimba capricciosa che non era mai stata. Non ha mai avuto grandi amiche e poche ci sono andate vicino. Non capivano perché non avesse mai tempo per uscire. Lei mentiva, diceva che la sera aveva altri impegni. Di notte piangeva, chiusa in camera, stretta al cuscino. Chi dorme abbracciando il cuscino ha delle mancanze, e lei dormiva stringendolo. Aveva bisogno di qualcuno che le ricordasse che tutto era possibile e non ero io quella persona. Ci scontravamo quando provavo a parlarle. "Non voglio accendere e spegnere lo scaldabagno per tutta la vita" sbottava. Io sapevo solo dirle "non è colpa nostra".

"Di chi allora" mi chiedeva aspettando una risposta. Avrei voluto rispondere "di Dio", incolparlo, ma lui a noi non aveva mai fatto promesse. Ce le avevano fatte altri, usando il suo nome, dicendoci che nel tempo tutto si sarebbe sistemato.

Mi approcciavo a lei in maniera sbagliata, avrei dovuto lasciare che fosse lei a fare il primo passo, ad aprirsi. Invece, forzavo sempre la serratura.

Era un periodo strano quello, tutti chiusi in casa a guardare la tele e aspettare che le giornate finissero. Guardavamo la pubblicità dei coltelli. Avevamo imparato a scusarci con il sorriso quando veniva la proprietaria di casa a chiedere gli arretrati dell'affitto. Alzava la voce senza timore che i vicini la potessero sentire, lo faceva per umiliarci. Era una signora anziana, capelli biondi tinti, indossava sempre una giacca rosa che le faceva le spalle larghe. Suonava al campanello e con una voce squillante domandava "i miei soldi?". Papà fingeva di non essere in casa, si nascondeva in camera sua, consapevole del fatto che quella donna non sarebbe mai entrata a controllare. Papà quella signora la chiamava "Koko", che in lingala significa "vecchia" e poi rideva. C'erano giorni in cui mandava le figlie, loro inizialmente davano l'impressione di essere comprensive. Ma fingevano soltanto di capire il problema, anche perché a volte insinuavano che noi non volevamo darglieli quei soldi. "Due figli grandi e nessuno di voi lavora?" Io non amavo lavorare e quando provavo a cercare un impiego, speravo sempre non mi assumessero. Papà invece iniziava ad avere una certa età e poi non aveva la macchina assicurata e molte richieste arrivavano da fuori città.

Entravano in casa e la ispezionavano con la coda dell'occhio, cercavano crepe, oggetti danneggiati. Ci dicevano che di quel passo avremmo dovuto lasciare la casa e papà rispondeva loro che aveva solo bisogno di tempo. "Se mi avessero chiamato al lavoro" diceva a volte. "Presto riprenderò a lavorare" e quando accadeva, lavorava solo qualche settimana. Gli davano non più di seicento euro, noi ne dovevamo pagare settecento solo d'affitto ed eravamo indietro di sette mesi.

Quel giugno, in città, era iniziata ad arrivare gente e i lidi avevano bisogno di personale. Stefania rientrò a casa contenta quella mattina. Disse "ho trovato lavoro in una gelateria. Per tre mesi". Non era tanto ma fummo contenti tutti della notizia. Il primo giorno, poco prima che uscisse di casa, le scattai una foto. Aveva un cappello bianco e una T-shirt dello stesso colore con su scritto "Via Vai" in giallo dentro un cerchio blu sul petto. Il nome della gelateria che l'aveva assunta. Appena se ne fu andata, le inviai un messaggio allegandole la foto.

"Mi stai a cuore più del mio" le scrissi.

La vita non ha nessun obbligo di darci quello che pensiamo di meritare, e alle volte soffrire è necessario proprio per ricordarci che siamo ancora in grado di sentire il dolore, di sopportarlo ancora. Stefi mi rispose dopo circa cinque ore.

"Oggi ho chiesto a una signora di fare lo scontrino prima di mettersi in fila per il gelato. Lei mi ha risposto davanti a tutti che non prendeva ordini da una negra e nessuno le ha detto niente, nemmeno io."

Il giorno dopo non andò al lavoro.

La trovai in camera sul letto, stretta al cuscino.

41

Noi vivevamo in un condominio con tanto di parcheggio. E alcuni vicini ogni tanto suonavano alla nostra porta per lamentarsi. "Ieri notte mentre parcheggiavi la macchina, hai toccato la mia, stai più attento la prossima volta" dicevano con tono minaccioso quando aprivo la porta. Mi parlavano come se non capissi l'italiano e io apposta cercavo di rispondere nel modo più corretto possibile. E quando sbagliavano loro un tempo verbale, tempestivamente li correggevo. Nei loro occhi potevo leggere quello che pensavano, il fatto che non si aspettassero proprio che un negro parlasse bene la loro lingua, perché convinti che fosse solo loro.

Io non avevo la patente e l'unico ad averla era papà. Di sera andava a bere fuori con gli amici. Prendevano una bottiglia di vino in cinque e restavano davanti ai negozi di alimentari a parlare e a ridere ad alta voce. La sua auto, una Fiat Punto verde a metano, non aveva l'assicurazione, ma lui ci girava lo stesso. Passava dove solitamente non c'erano posti di blocco. Conosceva la città a memoria. Non lo avevano fermato mai. Rientrava a casa ubriaco, diceva parole incomprensibili, sbatteva la porta, altre volte la lasciava aperta. Entravano i gatti, miagolavano in salotto e io mi alzavo di notte per cacciarli via. Lo facevo con la scopa perché ne avevo un po' paura.

In camera teneva una bacinella vicino al letto, dove pisciava perché non riusciva ad andare in bagno. Bisognava fare troppi passi per arrivarci. Una volta era caduto, aveva sbattuto contro una parete e da quel giorno si rifiutò di andare in bagno la notte. La mattina il pavimento di camera sua era sempre bagnato. Una volta che era uscito per andare al lavoro, aprivamo le finestre per cambiare l'aria e passavamo lo straccio. Mi ripetevo "non avercela con lui". Osservando mio padre ho imparato che anche gli adulti hanno bisogno di essere presi per mano. Che non è l'amore a tenere in piedi una relazione, ma la pazienza. Sono diventato un uomo quando ho dovuto prendere il posto di mio padre, quando l'unica cosa che ci separava era la differenza di età. Iniziai a rassicurare mia sorella, fare da filtro con il mondo esterno che bussava alla nostra porta solo per chiederci quando avremmo pagato.

I pomeriggi in cui non lavorava, mio padre si addormentava davanti alla tele. Guardava documentari seduto sul divano con i piedi sul tavolo. Aveva sempre il cellulare vicino, nel caso lo chiamassero. Le tapparelle abbassate nel caso qualcuno volesse guardare dentro per vedere se c'era. Quando ci staccarono l'acqua, tutto divenne ancora più difficile. Ci lavavamo con le bottiglie di plastica in bagno. Utilizzavo un bicchiere per buttarmi l'acqua sopra la testa e sul corpo, per non finirla tutta subito. La scaldavo con la pentola in cucina e la lasciavo bollire. Di notte, in bici, tutti insieme ci dirigevamo verso il parco, perché lì c'era un bagno pubblico che rimaneva sempre aperto. Uscivamo con le taniche e le bottiglie negli zaini. Facevamo più giri per non rimanere senza. "Hai finito tutta l'acqua" era la cosa che mi veniva rimproverata più spesso.

Iniziammo a fare in modo che venissero meno persone possibili a trovarci. E quando capitava, dicevamo che c'erano dei lavori in corso e che tutto il vicinato era nella nostra stessa situazione. Ridevamo per essere più convincenti. Papà mangiava a casa di amici, io a casa di Inno e, quando non potevo, preparavo un piatto di pasta cercando di sporcare il meno possibile. Una volta mi feci coraggio e provai a

chiamare mamma per chiederle un prestito ma non mi rispose al telefono.

A volte mi mancava, non so perché.

Un po' come se il mio cuore volesse ricordarmi che senza di lei era più vuoto che ferito.

42

Il telefono squillò, risposi ed era Sharif.

Sentii dall'altra parte una piccola esitazione e poi «il negro ha segnato».

«Chi?» chiesi senza capire.

«Lo scemo, il coglione, il negro ha segnato» ripeté con voce piena di entusiasmo.

«Inno?» domandai.

«Sì, ha fatto due gol e hanno vinto la partita grazie a lui, chiamalo oppure vai a casa sua, che sicuramente gli fa piacere vederti!» mi consigliò e poi butto giù. Con quella chiamata ammontavano a sette, forse, le volte in cui mi aveva chiamato da quando Claud era partito.

Provai a chiamare Inno ma non mi rispose e a quel punto decisi di scrivergli un messaggio.

"Fai due gol e non dici niente?"

Mi rispose la sera tardi:

"Sono con Sharif sul tetto del mondo, vieni che ti aspettiamo."

Arrivai poco dopo. Lasciai cadere a terra la bicicletta e scavalcai il cancello. Iniziai a sudare e il respiro si fece affannoso, sentivo un'emozione fortissima. Quel posto mi ricordava Claud.

Sul tetto trovai Inno e Sharif sdraiati per terra che guardavano il cielo con le mani dietro la testa e le gambe divaricate.

«Voglio, voglio, voglio» dissi per attirare la loro attenzione. Si voltarono verso di me e poi tornarono a guardare su.

«Siediti qui, dai» disse Sharif indicando per terra accanto a sé.

Ci sono persone che sono connesse tra loro e che il tempo e lo spazio non possono dividere. Persone che crescono insieme anche se a distanza, che non partono da capo ogni volta che si rivedono, ma semplicemente da dove si erano lasciati.

«Claud lo sa?» chiesi a entrambi.

«Cosa?» domandarono uno dopo l'altro.

«Che ora farai i milioni con il calcio.»

«Ma non dire cazzate che porta sfiga» disse Inno toccandosi le palle.

«Comunque sì, Claud lo sa» intervenne Sharif.

«E sa anche che più gol farai e più si avvicinerà il giorno in cui dovrà tornare?»

«La vita è strana cazzo, fino a pochi giorni fa mi parlavano tutti come fossi lì solo perché i negri corrono veloci. Ora mi trattano tutti come se lo meritassi il mio posto e mancasse poco alla svolta.»

Il cielo era nuvoloso e si vedevano poche stelle.

«Porta pazienza» Sharif non era bravo a dare consigli e quando non sapeva cosa dire diceva sempre la stessa cosa.

«Una cosa so ed è una cosa che dovete sapere anche voi. Se mi andrà bene sicuramente la mia vita si riempirà di persone, di familiari che non si sono mai interessati a me e che faranno finta di volermi bene. La mia vita si riempirà di ragazze e altre cazzate. Sappiate che in tutto questo, anche se sembrerò distratto e assente, io mi fiderò solo di voi.»

43

La vita di Inno cambiò veramente.

Parlavano di lui nei giornali locali, scrivevano che era un talento, che molte squadre si stavano interessando. In quartiere non facevano altro che fare il suo nome.

Segnò undici gol in nove partite, firmò un contratto da professionista e la sua vita non fu più la stessa.

DICIASSETTE ANNI

44

Inno pagava sempre per entrambi. Lo faceva senza chiedermi nulla in cambio. Io a volte declinavo i suoi inviti con una scusa perché non volevo diventasse routine. Restavo in silenzio alla cassa quando ci dicevano il prezzo di qualunque cosa e quel silenzio mi umiliava. Guardavo con la coda dell'occhio il suo portafoglio e mi scusavo con lui mentre scavava con le dita tra le carte e i biglietti da visita pronto a pagare.

Passavo giorni e giorni di solitudine, nella mia piccola stanza, davanti a un pc senza internet e memoria. Mi chiedevo quanto potesse essere orgoglioso di me mio padre. Lui che avrebbe voluto avere un figlio laureato. Papà mi vedeva con un futuro e finora mi aveva visto solo sbagliare. Nel computer avevo le foto di quando eravamo più piccoli, quelle del periodo in cui avevo trovato una macchina fotografica dentro un'auto aperta ed ero diventato il fotografo del gruppo. Ci abbracciavamo felici in alcuni scatti, in altri avevamo l'espressione di chi prova a spaventare qualcuno. Era un periodo così quello, risolvevamo tutto alzando le mani, cercando in giro uno sguardo di troppo per le vie del centro. Ci sentivamo invincibili. Inseparabili. Le foto mi ricordano quanti amici ho perso. Sul desktop, oltre alle foto, tenevo i dischi di J. Cole e qualche porno che nascondevo dentro cartelle con nomi improbabili. Li avevo scaricati a casa di Sharif e lui me li aveva messi in una chiavetta. Me la posò sul palmo e sorrise come a dirmi "ti capisco". Non avevo una ragazza, i miei amici sì, chissà perché. Li guardavo di notte, mi chiudevo in camera a chiave, mettevo la musica ad alto volume e mi toglievo i pantaloni.

Avevo l'abitudine di conservare le monete dentro un bicchiere di vetro e quando accumulavo un euro andavo a comprare qualche succo al Lidl o i piatti di plastica. Ogni tanto rubavo, mi infilavo nelle mutande un pacco di biscotti e cercavo di camminare con totale naturalezza. Sorridevo alla cassa, alle commesse e declinavo ogni cosa mi chiedessero perché avevo fretta di uscire e salire sulla mia bicicletta. Pedalavo più veloce che potevo e quando mi rendevo conto di essere lontano dal supermercato mi sentivo più leggero. Non mi consideravo un ladro, se avessi potuto avrei pagato tutto. Noi eravamo gente onesta che non voleva soffrire la fame. Pranzavamo con gli spaghetti all'olio di semi. Mia sorella rientrava a casa e si metteva subito a dormire quando non c'era niente in frigo. Nessuno si lamentava. Sapevamo che la colpa non era di nessuno. Ci sentivamo solo sfortunati. Come se Dio ci stesse mettendo alla prova da una vita.

Sharif continuava a girare con quei ragazzi nuovi che lui definiva amici. Parlava come loro, si vestiva come loro e si era pure fatto un piercing al naso che io trovavo orribile. Prima di salutarmi, ogni volta che ci incrociavamo per strada, mi diceva "se hai bisogno chiamami". Sapevo che mi avrebbe aiutato se gliel'avessi chiesto, ma sentivo che mi sarei dovuto sporcare le mani e un po' avevo paura.

Quando mi decisi a chiamarlo, lui mi rispose felice "finalmente!" e mi chiese di raggiungerlo.

Mi presentò i suoi amici e mi disse cosa avremmo fatto da quel momento in poi per sistemare i miei problemi, che gli avevo raccontato in parte.

Iniziai a rubare i cellulari insieme a loro. Mi spiegarono come dovevo fare per non destare sospetti e imparai in fretta. Loro lo facevano da più di un anno, seguivano i turisti nel pomeriggio, andavano in discoteca la sera e rubavano cellulari, portafogli, chiavi di scooter e biciclette che poi rivendevano. I negozi di cinesi che riparavano aggeggi elettronici compravano tutto a buon prezzo. Su eBay invece rivendevano le bici fingendosi di altre città, e ai meccanici i pezzi dei motori rimessi a nuovo. Nessuno faceva domande.

I sabato sera andavamo in discoteca, entravamo separati. Dentro comunicavamo scrivendoci su WhatsApp, cercandoci con gli occhi, a gesti. Quando puntavamo qualcuno, uno di noi si avvicinava cercando di fare il simpatico per più tempo possibile. Solitamente il nostro obiettivo erano le ragazze perché quando bevevano erano più propense a parlare. Un altro, da dietro, le apriva la borsetta e prendeva quello che poteva, in pochi secondi. I ragazzi, invece, cercavamo di derubarli mentre si baciavano con le loro fidanzate. Tenevano il portafoglio nella tasca dietro. Noi fingevamo di ballare, ci avvicinavamo e in un secondo facevamo tutto. Era facile e nessuno si accorgeva di niente. Erano adolescenti ubriachi, si rendevano conto di aver perso le loro cose solo arrivati a casa. In due mesi riuscii a mettere da parte cinquecento euro. Li diedi tutti a mia sorella con la scusa che mi ero trovato un lavoro come cameriere in un locale a Lido di Dante. "Tienili e non fare storie" dissi per convincerla e non chiedere altre spiegazioni. Fece la spesa e ci pagò una parte degli arretrati. Papà non si accorse di nulla.

La sera in cui organizzavano lo schiuma party era quella più proficua. Orde di ragazzini con la schiuma sugli occhi, ubriachi. Gli altri raccontavano che gli anni prima erano tornati a casa anche con mille euro a testa. Io non ci credevo e fui subito smentito. In pista c'era il triplo della gente che trovavamo solitamente e questo per noi era un vantaggio perché potevamo agire più volte senza essere visti. Quando ci incrociavamo, all'orecchio, entusiasti, ci dicevamo quello che avevamo preso.

"Un iPhone cinque!"

"Io due!"

E ridevamo divertiti.

Ci nascondevamo in bagno a controllare le borse e i portafogli, poi buttavamo tutto.

Quella sera, tra le altre cose avevo rubato un portafoglio rosso. Dopo aver preso i soldi, mi apprestai a gettarlo ma qualcosa mi fermò. Controllai di chi fosse, era di una ragazza. Restai a guardare la foto per un tempo indefinito. Infilai in tasca il portafoglio e tornai in pista.

Il giorno dopo ero sotto casa sua, di pomeriggio, in attesa che uscisse per restituirle i documenti. Aspettai un'ora seduto su una panchina di legno di colore verde. Quando la vidi mi fiondai verso di lei urlando il suo nome.

«Anna!»

Lei si voltò verso di me spaventata, e iniziò a camminare veloce nella direzione opposta.

«Anna, scusami, ho una cosa che ti appartiene» dissi con tono amichevole cercando di convincerla a fermarsi.

«Cosa?» domandò voltandosi e rallentando il passo.

Aveva una voce malinconica e a guardarla sembrava triste, come uscita da poco da uno scontro. Pensai che forse aveva discusso con i genitori e che stava scappando. Si era fermata. «Sono di fretta, devo andare» aggiunse. Mi portai lo zaino sul petto, infilai una mano dentro e tirai fuori il portafoglio dicendo «questo è tuo, l'ho trovato ieri per terra e ho pensato che ti avrebbe fatto piacere averlo indietro. Sono qui fuori da un'ora». Dubbiosa, con lo sguardo di chi ha riconosciuto qualcosa che gli appartiene, avvicinandosi lentamente mi chiese «dove l'hai trovato?».

«Per terra.»

«Per terra dove?» incalzò e me lo prese dalle mani.

«Per terra, Anna, stavo uscendo dalla discoteca e l'ho trovato.»

Non mi ero preparato a rispondere a tutte quelle domande e non sapevo nemmeno io perché fossi lì. Se l'avessero scoperto gli altri, non so come avrebbero reagito. Forse mi avrebbero cacciato. «Grazie» disse e mi abbracciò fortissimo. Profumava di pulito, di shampoo e lavanda. Fece un passo indietro. «Dammi il tuo cellulare.»

«Non ho capito» risposi incredulo.

Mi porse la mano aperta. «Dammi il tuo cellulare» ripeté scandendo le parole.

Infilai la mano in tasca e glielo passai. Digitò una serie di numeri, me lo riconsegnò e mentre correva via disse «quello è il mio numero, nel caso perdessi di nuovo il portafoglio!». Rimasi fermo a guardarla mentre si allontanava, non la salutai nemmeno. Notai che quella ragazza, dai tratti spigolosi e dai capelli che le finivano in continuazione davanti al naso, non aveva più lo sguardo triste. Per la prima volta nella mia vita avevo mille euro in contanti in tasca e non stavo sorridendo per quello.

45

Diedi tutti i soldi a mia sorella e le chiesi di rassicurare la proprietaria di casa.

«Chiamala e dille che possiamo pagare.»

Papà in quel periodo usciva in continuazione e a volte dormiva fuori. Stefi lo chiamava al telefono fino a notte fonda e lui non rispondeva mai. Il giorno dopo diceva con gli occhi pieni di sonno che era stato con amici, che uscire gli serviva a non pensare. Avevo smesso di guardarlo negli occhi in quei giorni, di cercare di riconoscerlo dietro quell'aspetto trasandato, la barba poco curata e le unghie nere. "Nella vita ce la fai sempre anche quando non ce la fai più" mi diceva. Dentro di me sentivo che se avessi continuato di quel passo e che se avessi portato pazienza senza fare cazzate avrei sistemato le cose, rivisto Claud e permesso a mia sorella di studiare all'università. Quando dentro di me mi ripetevo la lista delle cose che avrei fatto nei mesi a seguire sentivo di non essere del tutto realista ma il fatto che in quel momento stessi assaporando un po' di normalità mi faceva sentire dannatamente speciale.

«Mi stai dicendo che hai già finito tutti i soldi, negro?»

«Sì» risposi ad Hassan, l'amico di Sharif con cui lavoravamo.

«E dove sono finiti, non avrai strane dipendenze?» mi chiese sottovoce Sharif.

«No, scemo» dissi spingendolo via con il braccio. «Li ho dati a mia sorella per pagare l'affitto.»

«Lo spero per te, negro» commentò Hassan dal centro della piazza, lanciando un sasso verso di noi che mi finì in mezzo ai piedi.

«Se mi beccavi ti ammazzavo» minacciò Sharif guardandolo.

«Quando vuoi» rispose lui, e lanciò un altro sasso verso di noi.

Hassan era un ragazzo all'apparenza molto tranquillo che però sapeva menare le mani. Molti lo temevano, dicevano di lui che non aveva niente da perdere ed era vero. La madre era morta quando era molto piccolo, ed era cresciuto con il cugino e lo zio. Di suo padre non si sapeva niente.

Non parlava mai del suo passato e di quello che succedeva a casa. La pelle dorata, i capelli crespi e la faccia rotonda. Stava spesso zitto. Quando apriva bocca, chiudeva ogni frase con "negro" e uno sputo per terra.

«Mi vuoi far credere che per te George Weah è più forte di Drogba, negro?» Magro come un osso. Quando giocavamo a calcio insieme lo prendevamo in giro per via della sua gobba e il suo muoversi goffamente a capo chino, come chi è stato offeso. Però di testa le prendeva tutte. Era tanto alto. Al punto che quando parlavamo di altezza, lo usavamo come metro di paragone.

"Quanto Hassan", oppure "più di Hassan", per rendere l'idea. Parlando di sé si definiva "strano".

"Io sono strano" diceva.

Poi guardava tutti a uno a uno ridendo e aggiungeva "Ma le persone più belle sono strane!".

Aveva conosciuto Sharif nella stessa piazza in cui organizzavamo per tutta la settimana cosa avremmo fatto e come ci saremmo comportati nei weekend in discoteca.

«Comunque non va bene» disse Sharif avvicinandosi di nuovo verso di me.

«Cosa?»

«Il fatto che tu non hai più soldi.»

«Non è un problema tuo» lo spinsi di nuovo.

«Ma che hai oggi? La spingite? Ascoltami, la soluzione è semplice, dobbiamo farne di più.»

Mi convinse subito, ma solo poi mi resi conto che avremmo corso rischi troppo grandi e che avevamo solo diciassette anni.

46

Anna stava seduta all'interno di una caffetteria del centro. La vidi da fuori mentre passavo, diretto in un negozio di elettronica per vendere qualche pezzo e ricavarci qualche soldo. Stava seduta vicino alla finestra in un tavolo per due persone, leggeva un libro di poche pagine. Indossava una maglia bianca con una scritta sul lato del cuore, dei pantaloncini di jeans e delle Reebok bianche, le mie preferite.

Per un attimo mi guardai le scarpe e le trovai brutte.

A vederla da lontano sembrava più piccola della sua età e la si poteva scambiare per una liceale del primo anno. Non staccava quasi mai gli occhi dalle pagine, nemmeno quando beveva dal bicchiere di vetro davanti a lei. Mi convinsi che non stava aspettando nessuno e decisi di entrare.

Nella caffetteria la ragazza alla cassa mi guardò stranita e io per rassicurarla le indicai Anna come a dirle che mi stava aspettando. Lei in quel momento alzò la testa dal libro, mi riconobbe e sorrise alla cameriera per dirle "sì, è con me".

Mi sedetti nel posto libero davanti a lei.

«Cosa stai leggendo con così tanta attenzione?» le chiesi accennando un sorriso.

Anna posò il libro e mostrandomi la copertina rispose «*Tempo di imparare*, di Valeria Parrella».

«Mai letto.»

«Nel senso che non hai mai letto questo libro o che non hai mai letto in vita tua?» mi chiese senza smettere di guardarmi.

«Nel senso che non ho mai letto in vita mia» mi grattai la testa, arricciai il naso e sorrisi.

Sorrise pure lei.

«Allora la prossima volta che verrò qui, per sicurezza porterò con me due libri.»

«Ok.»

«Non mi hai ancora detto come ti chiami» piegò la testa di lato curiosa.

«I miei amici mi chiamano Zero» mi tolsi il cappello e lo posai sulla gamba destra.

«E vuoi che ti chiami così?»

A quel punto arrivò la cameriera e mi chiese se volevo qualcosa. Non avevo soldi con me e quindi risposi che non volevo niente. Anna mi domandò se fossi sicuro e risposi a entrambe di sì.

Quando la ragazza se ne andò mi domandò di nuovo «quindi vuoi che ti chiami così?».

Annuii.

«Un giorno mi spiegherai il significato, però» continuò lei.

«E cosa significa Anna?» chiesi.

«Credo voglia dire graziosa.»

«Strana questa cosa che i nomi vogliano dire qualcosa» dissi.

«Già.»

Continuava a guardarmi dritto negli occhi senza mai spostare lo sguardo e questa cosa mi metteva in imbarazzo.

«Comunque hai guadagnato un punto.»

«Ho guadagnato un punto?»

«Sì! Ogni volta che ho detto a un ragazzo il significato del mio nome, se ne sono usciti con battute del tipo "tua madre ha avuto ragione" o "sei davvero graziosa". Tu non l'hai fatto.»

«Però l'ho pensato» dissi.

«La tua ragazza dov'è?» mi chiese cambiando discorso.

«Non ho una ragazza da quasi tre anni» risposi io spiazzato.

In quell'istante mi venne in mente Pau e mi accorsi che non ne parlavo da tempo con nessuno.

«E allora penso che dovremmo rivederci, il mio numero ce l'hai, scrivimi.»

Risposi di sì con la testa, ancora incapace di formulare una frase completa.

«Ora devo andare» prese il libro in mano e si alzò. Mise la borsa in spalla e mi sorrise.

«Scrivimi» disse di nuovo.

Si avvicinò alla porta e prima di aprirla tornò indietro.

Posò il libro sul tavolo vicino al mio braccio e disse.

«Leggilo, se vuoi guadagnare altri punti, leggilo» e poi uscì. La seguii con gli occhi.

Teneva il telefono in mano e camminava a passo spedito diretta chissà dove.

Per me era giunto il tempo di imparare.

47

«Sembri più intelligente» dissi a Inno quando lo andai a trovare. Lo pensavo davvero, aveva tagliato i capelli e aveva un'espressione più rilassata. Non stava guadagnando tanto ma stava visibilmente meglio. I soldi veri li avrebbe visti alla fine della stagione. Con il suo procuratore avevano deciso che si sarebbe trasferito se il Forlì non avesse offerto un adeguamento di contratto. Dopo Claud, anche Inno ci avrebbe lasciati. Ascoltando le sue parole, mi sentii come se tutti mi avessero abbandonato.

Si mise a piovere mentre parlavamo, le persone correvano verso casa, i bangla tirarono fuori gli ombrelli e iniziarono a venderne qualcuno.

«Ma come fate a sapere sempre quando piove?» chiesi a Sharif.

Lui pieno di orgoglio rispose «noi sappiamo tutto».

Inno aprì lo zaino, tirò fuori il pallone e lo lanciò in aria. Bastò uno sguardo che subito iniziammo a corrergli tutti dietro. Eravamo abituati a giocare sotto l'acqua, come quando da ragazzini facevamo l'amore con le ragazze all'aperto, nei cantieri abbandonati, perché c'era gente in casa.

Pioveva e noi restammo fuori a prenderci tutta l'acqua del cielo. Ci spingevamo, finivamo a terra e ridendo calciavamo quel pallone giallo che ci aveva fatti tornare bambini, quando non avevamo davvero nulla ma avevamo la pazienza. "Tanto non cambierà niente" era la cosa che pensavamo tutti e quel pensiero faceva da tappeto alle nostre giornate sempre uguali che ci stavano preparando ad abituarci a tutto.

Da terra guardavo Inno mentre saltava in continuazione Sharif che non riusciva a prenderlo al punto che gli diede un calcio sullo stinco e lo fece cadere. Inno gli urlò «ma che cazzo fai? Tu non cresci mai, è assurdo!».

Sharif non rispose, si mise a ridere fortissimo e si lasciò cadere sulle ginocchia dicendo «così impari a fare il figo».

Provò a dargli la mano ma Inno la rifiutò.

Poco dopo si mise a ridere pure lui.

L'unica cosa che riuscivo a pensare era "è ancora il più forte di tutti".

«Inno è ancora il più forte di tutti.»

Gli africani difendono un'identità che non gli appartiene. La storia mi ha insegnato che la mia origine è angolana perché l'hanno voluto gli europei. Perché un giorno si sono seduti davanti a un tavolo e si sono divisi l'Africa come una torta. Spesso ho chiesto a mio padre nella totale confusione "e allora noi cosa siamo?" e lui con tono orgoglioso rispondeva "noi siamo Bantu. Prima che arrivassero i portoghesi, esisteva il regno del Congo che si espandeva dall'Angola fino alla Repubblica democratica del Congo".

A scuola la storia degli africani iniziava con la tratta degli schiavi e finiva con l'arrivo in America. Prima non c'era nulla, un po' come se fossero stati i bianchi a dare inizio alla nostra esistenza, considerandoci.

Quando eravamo piccoli, in casa, i nostri genitori scherzando a tavola ci dicevano che dovevamo stare attenti, che non potevamo sposare chiunque. "Non mi portare un togolese in casa" diceva mia madre. "Loro sono troppo diversi da noi." Papà invece non sopportava i nigeriani, diceva che erano disposti a tutto pur di arricchirsi. "Venderebbero pure la madre", "non vedi che tutte le prostitute sulle strade sono nigeriane? Loro le mandano qui per spedire i soldi a casa."

Se noi non eravamo angolani, ma Bantu, allora nemmeno i nigeriani lo erano, anche quella era un'identità costruita a tavolino. Questa era una delle tante contraddizioni della nostra cultura. Ci dividevamo tra di noi in silenzio e ci univamo quando era l'uomo bianco a chiamarci "negri". Lo stesso uomo bianco a cui genitori neri non esitavano a dare in sposa la propria figlia, perché era sinonimo di stabilità e ricchezza.

Le contraddizioni degli spazi in cui sono cresciuto mi hanno confuso parecchio. Io e Sharif passavamo intere giornate davanti ai negozi di alimentari etnici quando in piazza non c'era nessuno. Ci sentivamo grandi stando in mezzo ai grandi e li ascoltavamo parlare. Lì erano in pochi a usare l'italiano, la lingua più masticata era il francese. Dei due ero l'unico a capire qualcosa e Sharif dandomi gomitate sui fianchi mi chiedeva in continuazione "ma che stanno dicendo?". I negozi erano frequentati solitamente dalle donne che acquistavano platano, okra, igname oppure sottobanco i prodotti schiarenti per la pelle e quelli per farsi i capelli lisci che loro chiamavano "Human Hair". Gran parte delle donne africane del nostro quartiere non amavano i propri tratti, li nascondevano sotto capelli più lisci e schiarendosi la carnagione. Perché essere "negri" anche nella nostra cultura significava essere più brutti. Scherzando i più grandi mi dicevano "ma quanto sei scuro?", "sembri un senegalese, ma non metti la crema?". Le forme più grandi di razzismo le ho viste all'interno della mia comunità.

Di sera, invece, quegli angoli di strada diventavano il luogo in cui bere in compagnia. I nigeriani bevevano Guinness, i congolesi e chi veniva dalla Costa d'Avorio Becks, gli arabi Moretti e quelli dell'Est Europa solitamente si smezzavano il vino in cartone in bicchieri di plastica seduti in cerchio. L'unico bengalese era Sharif, perché i bengalesi non si mischiavano, stavano solo tra di loro, come i cinesi. Mio padre la sera era sempre lì. Lo guardavo da lontano mentre in mezzo ad altre persone seduto su una sedia di plastica bianca parlava di cose che io non potevo sentire. Molti andavano direttamente lì dopo il lavoro e ci restavano fino a tardi.

Tra gli adulti io avevo un amico che si chiamava "Samba", era senegalese ma passava gran parte del suo tempo insieme agli arabi e per questo non era visto molto bene dalla cerchia più anziana della comunità nera. Dicevano che si drogava e forse avevano ragione, inconsapevoli del fatto che anche i loro figli ammazzavano il tempo nella stessa maniera, suicidandosi. Una volta, iniziò a farmi il solletico, io caddi per terra dal ridere e per fermarlo scherzando gli morsi una mano. Tornando a casa, mio padre e i suoi amici che io chiamavo zii si arrabbiarono con me.

«Ma sei pazzo? Lo sai che quelli non si lavano?» mi dissero in coro. E lui davanti a tutti mi diede uno schiaffo.

Non piansi e non dissi nulla. Avrei voluto tirargli un pugno in faccia, urlargli addosso "frocio di merda", "non pensi mai a tua figlia", "ci stai abbandonando ancora". Gli chiesi solo se potevo andare a casa. Presi la bicicletta e mi diressi verso la pista ciclabile.

Pensai che se quella cosa l'avesse fatto un bianco l'avrebbero chiamato razzista, ma siccome era mio padre tutti erano convinti che mi stesse solo educando.

49

«Pronto?»

«Come stai?»

«Bene e tu?»

«Ma hai capito chi sono?» chiesi curioso.

«Sì che ho capito chi sei» disse ridendo.

Il rumore del traffico le rimbombava intorno.

«Ma dove sei?»

«Vicino all'Anteo.»

«Ma il cinema?»

«Sì, quanti Anteo conosci in questo buco di città?» rispose prendendosi gioco di me.

«Vuoi venire?» aggiunse ridendo.

«Sì.»

«Allora vieni.»

Anna riattaccò il telefono.

Andammo a vedere il film tratto dal libro della Mazzantini. Mi chiese se la conoscevo e le dissi di sì.

Non sapevo dirle di no. Forse per paura di apparire ignorante. Vicino a lei mi sentivo sporco come dita che toccano un muro bianco, sporco come chi è cresciuto nel fango quando nevica. Sentivo che incontrarla e starle vicino voleva dire soprattutto regalarmi la possibilità della vita che avrei voluto.

«Non vado al cinema con un ragazzo da un po'» disse mantenendo bassa la voce e senza spostare lo sguardo dallo schermo.

«Io non ci sono mai andato» replicai sincero.

Non ero mai stato al cinema, fino a quel momento l'avevo visto sempre come un luogo troppo nobile per me. Sette euro d'ingresso, i posti in ultima fila, la luce soffusa e mezz'ora di pubblicità.

«Parli poco» commentò passandomi i popcorn.

Ne presi un pugno e iniziai a mangiarli uno alla volta gettandomeli sulla lingua.

«È che non voglio dire cose stupide.»

«Il mio ex le diceva sempre» iniziò a parlarmi di sé con trasporto facendo un collage della storia della sua vita fino a quel momento. «Mi hanno sempre detto tutti "sei bella", "abbi pazienza", "vedrai".» Si era fatta improvvisamente seria. Pensava a ogni parola prima di dirla.

«Però finora tutti hanno sempre preferito perdermi piuttosto che lottare e venirmi a prendere, mi hanno sempre lasciata in sospeso. Nessuno che ci tenga davvero, nessuno che ti rincorre, nessuno che ti viene a prendere, eppure tante volte mi sono sentita dire "ti voglio bene", "non potrei trovare di meglio". E poi tutti ti lasciano andare.»

Le sue parole mi fecero riflettere, mi fecero pensare a Pau, a me che ero sempre stato dato per scontato, come se chiunque altro potesse un attimo sostituirmi. Pau era stata capace di rompermi dentro e quando questo è accaduto non ha fatto rumore. Quel silenzio mi ha accompagnato soprattutto nei momenti in cui sentivo di non aver più amore da dare.

Prima di Anna, mi ero convinto che fosse inutile dedicarsi agli altri perché tutto era scritto a matita. Io ho sbagliato ogni volta in cui mi sono fidato di chi mi ha detto "non ti preoccupare".

Anna parlava molto. Iniziava ogni frase con: "Che poi". Provammo a prenderci la mano nello stesso momento.

Avevamo cominciato tutto per gioco, pure il primo bacio glielo diedi dopo uno scherzo. Aveva sorriso così tanto che le erano uscite le fossette nelle guance con lo sguardo sincero di chi era disposto a mettersi in gioco.

Io credevo ancora che l'amore dovesse rimanere un'abitudine che dovevo stare attento a non prendere. "I meccanismi che contano" pensai guardando quella sua mano così piccola che avrebbe potuto suonare il piano.

«Che poi devo ammettere che il film non è male» disse poco dopo i titoli di coda. Io il film l'avevo guardato tutto senza capire, perché mi ero fissato sul titolo "Nessuno si salva da solo", lei lo trovava bellissimo, continuava a ripeterlo anche mentre rientravamo a piedi giocando con l'accendino. Io più la guardavo e più ero convinto del contrario, per me rispetto a "nessuno si salva da solo" aveva più senso "nessuno si salva insieme", ma non glielo dissi mai.

«Ora ti fai una bianca del centro, mi hanno detto.»

Sharif si stava accendendo la sigaretta ma si fermò un attimo prima con il cerino acceso, lo sguardo su di me, in attesa di una risposta.

«Si chiama Anna» il suo atteggiamento mi infastidì.

«E che ci trova in te?» chiese Inno seduto alla fermata del bus. Non dovevamo andare da nessuna parte, usavamo le fermate come panchine dove sostare.

«Dice che le piace il fatto che parlo poco.»

«Ah» commentò Inno.

«Negro, non fare lo sveglio con me, qui quello che da quando fa qualche gol in più si fa solo bianche sei tu» lo aggredii.

«Calmo Zero, non ho mica detto che è sbagliato farsele. Io a differenza tua però non mi sto innamorando» rispose Inno orgoglioso.

Non seppi rispondere e Sharif tossendo disse «colpito e affondato».

A Inno le cose stavano andando bene. Aveva avuto due incontri con i dirigenti della Spal ed entrambi erano andati bene. Ferrara distava un'ora di treno e quindi saremmo potuti andare anche a vederlo giocare nel caso lo avessero preso.

«Comunque mi fa piacere che hai conosciuto questa Anna» Inno si avvicinò a Sharif e facendo un gesto con le dita gli chiese di fare un tiro.

«Non puoi fumare tu» disse Sharif.

«Sì, sì, lo so, ma solo un tiro» aspirò il fumo e lo soffiò tra i denti.

«Quando Pau ti ha lasciato, sei cambiato, ti sei immobilizzato per anni.»

«Sì, per un attimo ho creduto fossi pure frocio» Sharif gettò la sigaretta lontano.

«Perché, che problemi hai con i froci?» chiesi nervoso stringendo il pugno.

«Al mio Paese li bruciano» rispose provocatorio.

«Fanculo» dissi e me ne andai urtandolo con una spalla.

«Te sei tutto scemo» urlò Inno.

«Salutami la bianca se vai da lei» urlò Sharif.

«Pronto?»

«Che fai?»

«Ma perché mi chiami sempre con il privato?»

«Perché ti chiamo dalle cabine telefoniche» risposi mentre infilavo una moneta da cinquanta centesimi.

«Aspetta, ti chiamo io» disse ridendo.

Neanche il tempo di posare la cornetta arancione che sentii vibrare il taschino dei jeans.

«Pronto?»

«Da oggi in poi tu mi farai uno squillo dalla cabina e io ti chiamerò.» Senza farmi domande aveva già capito che non avevo abbastanza soldi per poterle telefonare.

Apprezzai.

«Va bene colonnello» stetti al gioco.

«Però oggi non mi va di stare al telefono, dove sei che ti raggiungo?»

«Vicino alla stazione, ti aspetto davanti a Radio Taxi» mentii, ero in quartiere in quel momento ma non volli farglielo sapere.

Non volevo che arrivasse fino a lì. Che notasse tutto il dolore del luogo in cui ero cresciuto.

«Arrivo.»

Passammo il pomeriggio abbracciati, distesi per terra. L'aria era umida e i nostri occhi non riuscivano ad abituarsi alla luce forte del sole che picchiava. Li tenevamo chiusi e a volte la spiavo. Col passare del tempo Anna era riuscita a far vacillare il muro di insicurezza che avevo alzato nei confronti del mondo e iniziai a parlare anch'io di me senza però menzionare mai mio padre. Sentivo la sua voce rimbombarmi nel petto.

«Dove vai tutte le sere?»

«In che senso?» sradicai un filo d'erba e lo lanciai lontano.

«Di sera, da quando ti conosco non sei mai libero, che succede nella tua vita quando fa buio?»

«Vado al lavoro» mentii.

«E dove lavori?» alzò gli occhi verso di me e nel suo sguardo provai a capire se si sarebbe fidata di una mia risposta poco convincente.

«Come cameriere in un locale a Lido di Dante.»

«E come si chiama?» spostò lo sguardo sulla gente che ci passava vicino.

«La Santeria» dissi il primo nome che mi venne in mente.

«Allora verrò a trovarti un giorno» dal suo tono di voce capii che l'avrebbe fatto.

«Comunque se uno dei due si dovesse innamorare, dovrebbero farci un film d'amore» alzò nuovamente gli occhi verso di me.

«Un film d'amore?» chiesi toccandole i capelli.

«Sì, io ci guarderei da fuori per come ci parliamo.»

«E come ci parliamo?» domandai nuovamente.

«Lasciami finire» mi diede un pugno sul petto.

«Le nostre sono conversazioni libere. Tipo se io sto parlando di una cosa super importante e tu stai pensando al gelato me lo dici senza preoccuparti della mia reazione.»

Notai solo in quel momento quanto fosse vero.

«È una cosa bella la libertà» mi diede un bacio sulle labbra.

52

Per Sharif fare più soldi voleva dire lasciare le discoteche dei nostri coetanei e puntare a quelle dei più grandi.

«E come ci entriamo se siamo minorenni?» ero ancora arrabbiato con lui e provavo a contraddirlo in ogni modo.

«Documenti falsi?» rispose sfacciato come se fosse una cosa scontata recuperarli.

«E dove li troviamo, genio?»

«Li ho già trovati, negro di merda.»

«E dove li hai trovati, bangla di merda?»

«Fai troppe domande, tieni e non rompere» mi passò una carta d'identità dove c'era scritto che avevo vent'anni e che ero uno studente.

All'inizio tutto funzionò perfettamente. In pista c'erano meno ubriachi ma quando riuscivamo a beccarne uno, con un solo portafoglio guadagnavamo trecento, quattrocento euro. Ci eravamo imposti delle regole per non esagerare.

"A tre portafogli, fuori dalla discoteca."

Non restavamo sempre in città, Hassan si era preso una macchina. Una golf nera usata e ogni sera della settimana ci spostavamo in posti diversi.

"Stiamo facendo i soldi veri" diceva Sharif come a rinfacciarmi il fatto che avesse avuto una buona idea.

Con il bottino di una sola settimana pagai gran parte dei debiti di mio padre. Mia sorella iniziò a farmi più domande e io a dire più bugie. Hassan e Sharif facevano altre attività oltre quella. Cose più impegnative che avevo rifiutato subito.

«Tu non vuoi fare i soldi» mi accusarono.

«No, io non voglio finire in prigione» risposi.

Nascondevo i soldi dentro i calzini nella punta delle scarpe. Non compravo cose che prima non potevo permettermi e stavo attento a tutti, non raccontavo niente a nessuno, nemmeno ad Anna. Al cellulare non parlavo mai, chiamavo dalle cabine e quando uno di loro due mi telefonava non rispondevo perché sapevo che mi avrebbero parlato senza preoccuparsi di niente, come fossero i più furbi di tutti.

"Ci vediamo là" scrivevo per messaggio e ci incontravamo sotto casa di Sharif pronti per partire.

I soldi non mi hanno dato quello che mi mancava. Non mi hanno ridato mio padre e nemmeno le parole per dirgli cosa provavo per lui. Non mi hanno dato la sensazione di sentirmi a mio agio e al mio posto. Essere vestito meglio, avere un aspetto più pulito non mi ha reso normale agli occhi dei bianchi. I primi giorni, convinti che fosse cambiato qualcosa, io e Sharif eravamo usciti di casa pieni di aspettative. Capimmo in fretta che non era cambiato niente, gli sguardi indiscreti, carichi di domande e pregiudizi, continuavano a caderci addosso.

Nelle vie del centro che di solito non frequentavamo, ci guardavano da dentro le macchine e commentavano. Ridevano di noi senza dirsi niente, si chiedevano cosa ci facessimo lì e noi parlavamo ad alta voce, per fargli capire non so cosa. Come bambini che vogliono farsi accettare dal gruppo, forse quello era un modo per dire "siamo come voi", "siamo qui da tempo". Io qui ci sono nato, a questo Paese ho dato tutti i miei giorni a differenza dei miei coetanei che sono fuggiti a Londra e hanno sempre avuto il passaporto. Sarei potuto essere anche un milionario, ma per loro sarei comunque rimasto un "negro di merda".

Avrei voluto essere forte come la mia pelle che nonostante tutto non è mai cambiata, non si è mai adeguata. Avrei voluto avere la possibilità di non vedere certi gesti, non capirli come gli amici bianchi di Hassan che mi chiedevano perché fossi nervoso. Eravamo seduti al ristorante e le persone dietro di noi si voltavano in continuazione. Si chiedevano se avremmo messo mano nelle loro borse, nelle loro tasche, sulle loro figlie. Noi mangiavamo tranquilli, ridevamo tra di noi con il dispiacere dentro. In quegli sguardi sospettosi rivedevo le madri che fuori da scuola rimproveravano i figli dicendo che non dovevano giocare con Piter, il nostro compagno di classe, perché era zingaro. C'erano giorni in cui rinunciavo a uscire, a stare in mezzo alla gente perché non mi sentivo abbastanza forte. Giorni in cui sui mezzi tenevo le mani in tasca per far capire a chi mi stava vicino che non ero un ladro. Giorni in cui invece non avevo pazienza e ridendo rispondevo "non me ne frega niente" mentre dentro volevo solo essere lasciato in pace. Avrebbero voluto che mi divertissi alle loro battute, quando mi ricordavano che al buio non mi si vedeva, quando dopo essere stati sotto il sole per un pomeriggio intero dicevano "sono quasi come te", "beato te che non ne hai bisogno" come se la mia carnagione fosse qualcosa in più, qualcosa a cui si potesse rinunciare. Avrebbero voluto farmi credere che era tutto nella mia testa. Non era razzismo, era cattiveria quella dell'uomo bianco che ogni giorno ci ricordava che eravamo diversi, che eravamo stati schiavi, che eravamo ospiti. Avrei voluto per tutta la mia adolescenza che a fotografare i neri fossero stati occhi neri, perché la società continuava a dire di noi che eravamo criminali, invasori, sporchi senza che nessuno potesse ribattere. Qualcuno moriva in mare, qualcuno leggendo un giornale, andando a scuola, tra la gente, tra gli insulti. Avremmo voluto andarcene subito da quei ristoranti, da quelle discoteche, dai camerini di quei negozi dove i commessi ci guardavano attenti appena voltavamo le spalle.

Avrei voluto andare via dall'Italia, via da questa strana casa dove sono nato e cresciuto e che mi ha sempre chiesto dove vivessi e da dove fossi venuto.

53

«Mi sono fidanzato.»

«E chi è la pazza?» Stefania sbatté con forza il cucchiaio sul bordo della pentola. Stava cucinando e indosso aveva un grembiule azzurro.

«La pazza si chiama Anna» appoggiai la fronte alla porta, godendo del contatto con quella superficie, ero appena rientrato a casa e fuori faceva caldo.

«E perché me lo stai dicendo?» provò a togliersi il grembiule ma si accorse che i lacci avevano formato dei nodi dietro la schiena.

«Perché vuole conoscerti e dice che vuole venire qui.»

«Quando?» mi domandò voltandosi verso di me.

«Domani.»

«E scusami, tu che le hai detto?» mi si avvicinò puntandomi un dito contro, che mi posò sul petto.

«Le ho detto di sì.»

Stefania alzò le braccia e mi diede due schiaffi simultanei sulla fronte, proprio sopra gli occhi. «Vai a fare la spesa, muoviti!»

Ma, prima che riuscissi a muovermi, mi prese per il braccio e iniziò a parlarmi con voce seria.

«Zero, Zero» pronunciò il mio nome varie volte, come se io stessi dormendo da molto tempo e lei volesse di colpo svegliarmi. «Non abbiamo più bisogno che vai a lavorare la notte. Ora in parte le cose si sono sistemate. Puoi anche trovarti un lavoro normale, io farò lo stesso.»

«Ok» dissi svelto per cercare di chiudere subito il discorso.

«Questa volta non te lo sto chiedendo. Basta Zero» mi strinse più forte il braccio. Era cupa in volto, una lacrima le rigava la guancia sinistra. Stefania non voleva più reggere il gioco e il terrore che il quartiere avesse ragione sul futuro di ognuno di noi glielo si leggeva negli occhi. Le avevo promesso che io non avrei fatto quella fine, che mai avrebbe letto il mio nome su un giornale locale e che niente ci avrebbe divisi. Provava a convincermi quando rientravo la notte tardi che eravamo fortunati perché se non avessimo avuto le mani vuote nella nostra adolescenza non avremmo avuto mai tempo per osservare il cielo e allora io provavo a tranquillizzarla, a dirle che presto sarebbe finito tutto. Restava silenziosa quando le chiedevo di fidarsi e lei sapeva dirmi solo che le parole, seppur belle, non erano in grado di cambiare nulla. Non voleva che mi preoccupassi per lei, che rischiassi così tanto.

«Basta Zero. A me ci penso io.»

54

"Stasera?"

"Stasera non ci sono" risposi a Sharif con un messaggio.

Anna arrivò cinque minuti in anticipo.

Suonò al campanello e io corsi giù di sotto a prenderla.

«Quindi abiti qui?» mi chiese mentre si guardava attorno.

«Sì, perché?» le diedi un bacio leggero tra il labbro e la guancia. Indossava un abito nuovo scuro che metteva in risalto la sua pelle bianca, aderente al busto mentre si apriva sui fianchi, portava delle scarpe basse.

«Non si risponde a una domanda con una domanda.»

Continuava a guardarsi attorno, e il sorriso non gli abbandonava mai il volto. Era la prima volta che veniva a casa mia e più precisamente era anche la prima volta che facevo entrare in casa una ragazza e che la presentavo a mia sorella. Salii le scale molto agitato ma quando mi prese per mano cominciai a sentirmi subito bene. Stefania l'accolse urlando «finalmente!» e io provai vergogna per lei.

«Non c'è bisogno di urlare così tanto» le dissi mentre mi avviavo verso la cucina.

«Stai zitto, non parlavo con te» e abbracciò Anna stringendola forte a sé e disse, dandole un bacio sulla guancia, «mio fratello non mi ha mai presentato nessuna sua ragazza.»

Stefania parlò per tutta la sera. Sembrava felice. Felice per me. Chiacchierarono senza interrompersi mai, senza accorgersi di me che le guardavo e del tempo che passava. Passavano da un argomento all'altro come vecchie amiche che non si vedono da anni.

Avevo avuto timore che Anna non si trovasse bene tra i nostri mobili consumati che risalivano a dieci anni prima. Avevo creduto che non si sarebbe mai tolta le scarpe per camminare a piedi nudi lungo la nostra moquette usurata. Non aveva guardato dentro i bicchieri prima di berci e curiosa aveva domandato i nomi di ogni piatto provandoli tutti senza chiedere poi di andare in bagno. Avevo capito così, con quella ragazza seduta al centro della nostra cucina perfettamente a suo agio in quell'universo in cui sembrava fuori posto, che i bianchi non erano tutti uguali e che l'amore toglie spazio alle paure. Pensavo soffocasse tra gli spazi di quella che noi chiamavamo "casa", lei che era abituata a salotti spaziosi con divani in tessuto e camini accesi in inverno.

«Papà stasera non tornerà, come sempre» Stefania si alzò dalla sedia.

«E se dovesse tornare lo sbatto a dormire sul divano» aggiunse dando uno schiaffo a mano aperta sul tavolo.

«Dorme qui, vero?» domandò ad Anna guardando me.

Non dissi niente, non le avevo mai chiesto di restare a dormire.

«Sì» rispose Anna e allungò le braccia verso di me cercandomi in un abbraccio.

«Sì» dissi a mia volta, attento a nascondere il misto di emozioni dentro di me.

55

Avevamo unito i materassi per creare un letto a due piazze. A suo agio come se fosse a casa sua, Anna fece il bagno. Avvolta nell'asciugamano, si stava asciugando i capelli davanti allo specchio con spazzola e phon.

«Ora chiamerò tuo padre e gli dirò che ti ho rapita e che non tornerai a casa per le prossime due settimane.»

Mi guardò in silenzio e capii che avevo detto qualcosa di sbagliato.

«Non vuoi che ti rapisca?» domandai.

«Sì che lo voglio, ma mio padre non vive con me e se lo chiamassi e lui ti dovesse rispondere ti direbbe di dirlo a mia madre.»

Posò il phon, raccolse i capelli in un elastico e vestita soltanto di reggiseno e mutandine si sdraiò accanto a me. Era la prima volta che la vedevo così, sentivo la sua pelle fredda che mi toccava, mi eccitai. Spensi la luce e lei mi abbracciò.

«Mio padre non vive con noi da tre anni. I miei genitori hanno vissuto separati in casa fin da quando ero una bambina. Lui non aveva il coraggio di lasciarci da sole, perciò viveva da noi nonostante avesse già un altro appartamento per il quale pagava l'affitto. Una mattina mamma gli ha fatto le valigie e gli ha detto "Devi andare" e da quel momento in poi ci sentiamo poco e si comporta con me come se io avessi scelto mia madre e non lui.»

«Perché non andavano d'accordo?» chiesi.

«Non lo so. E non ho mai capito veramente. Credo che il loro rapporto si sia incrinato a causa mia, quando sono nata io. Non sai quanti compleanni ho passato con loro che si lanciavano i piatti perché uno dei due si era dimenticato un regalo: qualsiasi sciocchezza diventava un pretesto per discutere di questioni più grandi» mi parlava all'orecchio e la sua voce, seppure un sussurro, mi rimbombava nella testa.

«E poi mio padre aveva un'altra, almeno per un periodo credo sia stato così.»

«Io non tradirò mai la donna che amo» dissi come a farle una promessa.

«Allora sbrigati a innamorarti di me. Comunque a mia madre ho parlato di te» la sua voce tornò allegra.

«E che le hai detto, scusa?»

«Lei sta cercando un ragazzo da assumere nell'azienda di famiglia e parlando mi ha chiesto se conoscessi qualcuno e ho fatto il tuo nome.»

«Perché?» chiesi quasi infastidito. Non capivo perché volesse aiutarmi.

«Perché penso possa essere un'occasione.»

«Io sto bene così» alzai un muro.

«Non ti agitare, volevo solo aiutarti.»

«Ma non ti ho chiesto aiuto» risposi freddo tenendo il muro alto.

«Tu devi smetterla di comportarti come se il mondo ce l'avesse con te o come se le persone volessero aiutarti perché sei uno sfigato. A volte le persone vogliono aiutarti semplicemente perché ti vogliono bene.»

Pau quando discutevamo se ne andava, si voltava, prendeva le sue cose e smetteva di ascoltarmi, di parlare. Invece Anna restava, quando qualcosa non le andava giù voleva provare a capire, lasciare indietro le incomprensioni.

Mi presi del tempo prima di rispondere, non volevo ferirla ed ero consapevole che avesse ragione.

«Ok, va bene. Potrei incontrare tua madre e se le sto simpatico magari lavorare con lei. Ma dille di stare attenta perché nel giro di pochi anni potrei rubarle il posto» dissi fingendomi allegro. Le diedi un bacio sulla fronte. In quell'istante avrei voluto dirle che quando non ci vedevamo mi mancava tantissimo, che nella mia vita non avevo provato niente di simile, che avrei voluto baciarla di più di quello che già facevo. Le presi la mano e rimasi in silenzio.

Come se non fossi del tutto consapevole di quello che facevo mossi la gamba destra in mezzo alle sue. Anna le aprì lentamente, sentii il cuore battermi più forte. Sotto le coperte la sua pelle era fredda e morbida, iniziai ad accarezzarla lentamente dal ginocchio ai fianchi. Teneva gli occhi chiusi, immobile. Posò la sua mano sulla mia, intrecciò le dita con le mie e le trascinò in mezzo alle gambe. Era umida.

Iniziò a baciarmi con passione e la timidezza che le riconoscevano tutti svanì in un lampo. Ci baciammo con disperazione come chi si tiene per mano tra la gente e ha paura di perdersi. Le accarezzai i seni, entrai dentro di lei con il timore di venire all'istante per quanta ansia tenevo in corpo e poi ci addormentammo senza dirci una parola.

Avevo paura d'innamorarmi, paura di cadere e farmi male.

56

«Da oggi in poi non verrò più» dissi a Sharif.

«E perché scusa?» domandò sgranando gli occhi. «Ora che le cose iniziano a girare, tu decidi di non venire più? E io dove lo trovo un altro di cui mi posso fidare?» mi spingeva mentre parlava. Era agitato, come sotto effetto di coca.

«Non voglio continuare, è troppo rischioso. Mia sorella ha paura per me e credo sia giunto il momento di trovare un lavoro normale. Tra poco avremo diciott'anni» gli risposi cercando di stare calmo.

«A te quella bianca ti ha dato alla testa» disse riferendosi ad Anna. Camminava avanti e indietro nel raggio di pochi metri e mi guardava incredulo. Sputava per terra a ritmo sostenuto senza mai togliere le mani dalle tasche.

«Lei non c'entra nulla e, credimi, dovresti smettere anche tu. Tuo padre ti troverebbe un lavoro all'istante.» Mentii, Anna era gran parte di quella decisione. Volevo smettere per paura di perderla, nel caso mi avesse scoperto.

«Quindi mi stai consigliando di andare a lavorare al mercato per tre euro all'ora? Negro di merda, leggi qualche libro e pensi che puoi dare consigli alla gente?»

«Sharif, io non vengo più. Ho troppo da perdere. Guarda Inno, si sta sistemando. Sua madre è contenta, lui a vederlo non sembra neanche più di questo quartiere. Non lo vuoi anche tu? Non sei stufo di dare ragione agli sbirri che ci fanno le perquise a caso, non sei stufo di sapere già come andrà a finire?» mi alzai e iniziai a indicare intorno e a gesticolare nervoso.

«Guarda che non basta uno stipendio. Guarda che comunque resti sporco per loro. Anche se entri nelle loro case, anche se ti fanno credere che ti amano, anche se ci fai i figli e sei loro vicino per loro resterai sempre sporco. La tua pelle parla per te, la tua pelle di negro di merda ha una storia che tutti conoscono a memoria anche se hai un nome, anche se fai carriera. Quindi non venirmi a dire 'ste stronzate e a parlarmi di Inno.»

«Sharif, io non vengo più» dissi di nuovo, lo abbracciai, gli diedi un bacio sulla fronte e me ne andai. Aveva ragione, stava dicendo la verità e questo mi feriva, ma io non volevo più vivere così. Sharif rimase immobile a guardarmi e solo mentre mi allontanavo dopo un po' urlò il mio nome, ma non mi voltai.

57

Inno lo acquistò la Spal durante la sessione estiva e l'ultima volta che ci incontrammo quell'estate fu all'incirca poco prima della metà di agosto.

Indossava una tuta e in spalla aveva un borsone azzurro e bianco. I dirigenti sarebbero venuti a prenderlo di lì a una mezz'ora e lui con un messaggio mi aveva chiesto di vederci poco prima che partisse per il ritiro in montagna. La sua vita sarebbe diventata allenamenti e partite. Sembrava felice, portava un berretto che lo riparava dal sole e gli copriva gli occhi. Si stava lasciando crescere i capelli, voleva farsi le treccine. "Le treccine come Okocha" diceva.

«Quindi ora lavori con la madre di Anna?»

«Sì, lavoro per lei, perché?»

Sentivo che Inno mi sarebbe mancato e che l'avrei trovato cambiato al suo ritorno. In quartiere sapevano tutti che avevo iniziato a lavorare. Papà felice l'aveva detto ai suoi amici e la voce era girata. Comunicare ai vicini di casa che tuo figlio aveva trovato un lavoro era prima di tutto un modo per dire "Non farà la fine di tutti gli altri, ora lui mi sistemerà". Pochi sapevano però che mi aveva assunto la madre della mia ragazza e non volevo venisse fuori perché poi tutti mi avrebbero spinto a sposarla.

A sposarla per "sistemarmi".

La madre di Anna mi aveva assunto subito. Un contratto da apprendista. Lavoravo come tornitore in un'industria di filamenti metallici. Il poco che sapevo l'avevo imparato a scuola, nelle poche ore in cui ero stato attento. Iniziavo alle otto del mattino e staccavo alle cinque, c'erano giorni in cui invece attaccavo al pomeriggio e uscivo dall'officina dopo le otto in base ai turni.

Sua madre era una persona che aveva sofferto tanto per amore ma che non si lamentava mai della sua solitudine. Ogni cosa che faceva, la faceva per la figlia e credo proprio che mi abbia assunto più per lei che per le mie capacità. Il lavoro si impossessò delle mie giornate, ridusse i miei interessi e la mia vita sociale con persone al di fuori di Anna e dei miei familiari. Immaginavo i miei conoscenti, gli amici di strada che parlando di me si chiedevano "Ma dov'è finito?" e anche se un po' ne soffrivo, me ne fregavo perché Stefania stava bene, mio padre si era in parte ripreso e la famiglia di Anna mi aveva accolto senza quei pregiudizi che tanto temevo.

«Così, volevo che me lo dicessi tu, e Sharif dov'è?» Inno si guardò intorno tenendo le braccia aperte come a cercarlo.

«Non lo so, non ci sentiamo da un po'» dissi.

Da due settimane per la precisione. Avevo provato a chiamarlo più volte ma lui non mi aveva mai risposto.

«È successo qualcosa?»

«No, perché?» mentii.

«Non lo so, è strano che voi non vi sentiate.»

«Tu scusa non l'hai sentito?» provai a spostare il discorso.

«Io non sono più parte delle vostre vite, sai benissimo che non l'ho sentito» aveva una voce strana. Ferita.

«Guarda che sei tu che da quando giri con i tuoi compagni di calcio bianchi non ci sei mai.»

«Colpa vostra che la sera sparite e io sono costretto a uscire con loro.»

«"Costretto" è una parola grossa, tu con loro ti diverti, le vedo le foto su Facebook.»

«Quindi mi spii?» disse indicandomi.

«No, semplicemente fai parte della mia vita.»

«Vabbè, comunque se lo senti digli che torno presto e che mi manca andare sul tetto del mondo.»

«Va bene, glielo dirò.»

«Ora devo andare.»

Inno si sistemò la maglia e con calma si avviò.

Ci salutammo con poche parole noi che avevamo così tanti ricordi.

NON HO MAI AVUTO LA MIA ETÀ

58

A settembre anche in quartiere l'estate finì.

I sorrisi dei bambini in piazza sparirono e le voci tornarono basse, riaprirono le scuole e i negozi. Al lavoro non ci eravamo fermati mai, solo due giorni a ferragosto e poi avanti senza sosta. La politica della nostra azienda era "la crisi va aggredita" e quindi la madre di Anna viaggiava tantissimo e chiudeva accordi con il Medioriente e il Nord Europa pur di stare a pari con i bilanci.

Con i primi stipendi comprai una tele più grande e cambiammo la moquette in salotto. Stefania tra i mobili e le piante nei corridoi all'Ikea sembrava una bambina in un parco giochi. Ci eravamo posti l'obiettivo di sistemare quella casa e renderla più accogliente.

Lei aveva trovato un lavoro part-time come barista e aveva promesso che per nulla al mondo quel lavoro l'avrebbe perso. Voleva essere indipendente. "Perché sono io la più grande" disse quella sera in cui non voleva dirmi perché era triste. Papà invece non trovò più nulla. Metteva da parte i soldi che gli davo e ogni tanto partiva per la Francia con i voli Ryanair a quindici euro per andare a trovare suoi amici d'infanzia e parenti che io non conoscevo. Anch'io stavo mettendo i soldi da parte e non mi assentavo mai dal lavoro per riuscire poi a racimolare qualche giorno in più di ferie per quando sarei andato a trovare Claud. Quando parlai di lui ad Anna lei mi disse "Non vedo l'ora di conoscerlo" inconsapevole che quel viaggio io lo stavo organizzando da solo da tre anni ormai.

Il nostro rapporto funzionava, ci amavamo.

Lei aveva cambiato drasticamente la mia vita.

Mi aveva fatto conoscere libri e luoghi che prima ignoravo, fatto provare emozioni che stavano tracciando il percorso della mia nuova vita.

Con lei, e non per colpa sua, però, avevo perso anche un pezzo di me. La parte più irrazionale che ogni tanto cercavo, che fremeva e chiedeva di venire fuori quando la sera decidevamo di restare a casa a guardare un film, io che prima sarei uscito con i miei amici a urlare quello che volevo sul tetto del mondo.

Quando non riuscivo a dormire pensavo a Sharif, a tutte le volte che avevo provato a chiamarlo o a intercettarlo fuori da casa sua senza riuscirci.

Pensavo a Inno, che se avesse fatto bene anche quella stagione avrebbe davvero cambiato la sua vita. Ci sentivamo meno e il suo modo di parlare era diverso, anche l'accento lo era e quando glielo facevo notare lui mi faceva capire che pensava lo stesso di me.

Non sono il tempo e la distanza ad allontanare le persone, ma le scelte.

Sono le decisioni che ci cambiano e che costringono gli altri ad allontanarsi da chi non è più loro simile. Ci volevamo ancora bene ma non eravamo più amici e questo lo capii l'ultima volta che ci incontrammo tutti insieme.

La sera in cui Inno tornò a casa da Ferrara e ci chiese se potevamo vederci. Ci inviò la via di un pub in cui non ero mai stato. A quel messaggio risposi solo io. Era il venticinque settembre. Staccai dal lavoro e andai direttamente lì, per non arrivare in ritardo.

L'atmosfera nel pub era semibuia, le luci soffuse. La gente era stipata. In sottofondo, si sentiva della musica rock. Inno e Sharif erano seduti in un angolo, uno di fronte all'altro, parlavano e ridevano. Mi feci strada tra le persone per raggiungerli e quando mi videro Inno mi passò una Becks.

«No, stasera non bevo, grazie» dissi posandola sul tavolo.

«Sei appena arrivato e già rompi i coglioni» commentò Inno ripassandomi la bottiglia. Si era fatto le treccine e risi indicandogli la testa.

Bevvi un sorso.

«Bravo» disse Sharif.

«Quindi sei vivo?» gli domandai provocandolo.

Mi sedetti di fronte a lui, posai i gomiti sul tavolo e iniziai a fissarlo aspettando una sua risposta.

«Dai, dicci perché ci hai chiamati» Sharif cambiò discorso. Sbuffava in continuazione come a volerci far capire che era di fretta. Si era lasciato crescere la barba ma con scarso successo, dato che tutto quello che aveva ottenuto era una leggera peluria nient'affatto virile.

«Fossi in te mi taglierei la barba» lo provocai di nuovo.

«Fossi in te non starei troppo fuori con noi che poi finisce che quella ti lascia.»

Ogni volta che voleva provocarmi e offendermi metteva di mezzo Anna.

«Io torno a casa, ma tu fatti la barba, fidati» gli diedi due schiaffi leggeri sulla guancia e lui mi fermò la mano.

«Zero, basta» Inno ci divise e prese a parlare. «Siamo qui riuniti perché oggi vi voglio dare una bellissima notizia» stava sorridendo con tutto il corpo e si muoveva a tempo con la musica in sottofondo.

Mi chiesi che cosa avesse da dirci e iniziai a farmi una lista. Al primo posto sicuramente c'era il calcio, forse si sarebbe trasferito di nuovo. Stavolta chissà dove.

«Dai che non ho tempo da perdere, parla.»

Notai solo in quel momento un tatuaggio nella parte interna del polso di Sharif. Si era fatto incidere delle iniziali o forse una frase e quando si accorse che lo stavo osservando lo coprì con l'altra mano.

«Il due novembre Claud sarà qui» le parole di Inno mi strapparono ai miei pensieri.

«Cosa vuol dire?» chiesi con voce incredula.

«Sì, il due novembre Claud verrà a trovarci. Gli ho comprato un biglietto e dormirà a casa di uno di noi.»

Diedi un altro sorso di birra.

«Meno male che non bevevi» commentò Sharif e aggiunse «bravo Inno, hai mantenuto la promessa. E io che pensavo che ti stessi sbiancando.»

«Un giorno mi spiegherai che problema hai con i bianchi» rispose lui.

«Gli stessi problemi che avevi tu con loro tempo fa.»

«Comunque quanto resterà qui?» intervenni.

«Due settimane.»

Ero entusiasta e in quel momento sentivo solo che sarei voluto tornare a casa, dare a mia sorella la notizia e sistemare camera mia perché sapevo che alla fine l'avrei ospitato io.

«Le sorprese non sono finite qui» annunciò Inno allargando le braccia come per abbracciare l'intera stanza.

«Stasera usciamo tutti insieme, vi porto in un posto.»

Mi accorsi sollevando la bottiglia che l'avevo bevuta fino all'ultimo sorso.

«Io ci sono» disse Sharif e guardandomi aggiunse senza interpellarmi. «Pure Zero c'è.»

«Domani lavoro ragazzi, non posso fare tardi.»

«Non farai tardi, tranquillo» Inno si alzò dalla sedia. Ci abbracciò entrambi e ci diede appuntamento sotto casa sua poco prima di mezzanotte.

Uscii dal pub e, mentre mi dirigevo verso casa, iniziai a pensare.

Mi resi conto che il due novembre era il giorno del mio compleanno.

«Che pezzi di merda» dissi ad alta voce con un sorriso enorme stampato in volto.

59

«Stasera esco con Inno e Sharif.»

Anna si stava asciugando i capelli e la sua voce al telefono la sentivo a malapena.

«Non ho capito» disse.

«Stasera esco con Inno e Sharif, mi hanno invitato in un posto» scandii meglio le parole.

Spense il phon e avvicinò il telefono alla bocca.

«È tanto che non uscite insieme, è una bella notizia. Dove andate?» la sua voce si sentiva meglio.

«Non lo so, Inno ha detto che è una sorpresa.»

«Però non fare tardi che se no mamma ti licenzia.»

«Giuro che non farò tardi» promisi sapendo di mentire.

«A dopo, Zeta.»

Mi chiamava così lei, perché "Zero" non le piaceva.

«A dopo, A.»

Arrivai per primo sotto casa di Inno, ero in anticipo di dieci minuti. Se in quel momento fosse passata una volante mi avrebbe di sicuro fermato perché avevo l'aria di essere uno spacciatore in cerca di clienti. Maledii di essere arrivato così presto all'appuntamento. A un tratto, in quel silenzio assoluto, con sollievo sentii urlare il mio nome. La voce di Sharif arrivava dall'incrocio e lui vestito di nero, in tuta, camminava a passo sostenuto verso di me. In quel preciso istante Inno uscì dal portone del suo palazzo e Sharif per raggiungerci si mise a correre.

«Sta per arrivare un taxi, che bello che sei Zero!»

Indossavo una camicia di cotone e un paio di blue jeans.

«Sei vestito bene, però comprati un paio di scarpe che non siano le Reebok Classic bianche, grazie» precisò Sharif, aveva il fiato corto e si reggeva con le mani sulle ginocchia, piegato in avanti.

Il taxi arrivò dopo pochi minuti. Era una Mercedes. Montammo e Inno chiese al conducente di portarci al Bukowski, un locale frequentato da bianchi di sinistra pieni di soldi. L'autista era di poche parole, ci ascoltava parlare e ogni tanto controllava con lo specchietto retrovisore.

«Sta tranquillo, ti paghiamo. Non facciamo i furbi» gli disse Sharif quasi minaccioso.

«Non l'ho mai pensato» rispose il tassista ridendo. Aveva una voce gentile. Teneva entrambe le mani sul volante e la radio spenta.

Sharif si fece avanti facendosi largo tra noi e parlando quasi all'orecchio del signore disse «lo vedi questo ragazzo alla mia sinistra?» indicava Inno mentre parlava. «Lo vedi? Lui è un calciatore professionista. Ha solo diciott'anni e già gioca in prima squadra! Si ricordi molto bene questa faccia perché la vedrà presto in televisione, capito?»

Lo osservavo parlare, era cambiato. Sembrava un'altra persona mentre si muoveva e si agitava. Lui prima non era così, quando eravamo più piccoli e la vita era un insieme di domande alle quali non volevamo rispondere, il suo ruolo era quello di essere il positivo del gruppo. Mai una volta ricordo di averlo sentito lamentarsi, mai una volta ricordo di averlo visto così astioso verso il prossimo. Non capivo se ce l'avesse con me o con la vita.

«Ok, però adesso basta» intervenne Inno tirandolo per un braccio e facendolo sedere composto ma lui non si fermò.

«Perché voi avete così tanta paura di noi?» insistette con voce roca.

«Io non ho paura di voi» rispose il tassista.

«Menti» alzò la voce.

"Perché voi avete così tanta paura di noi?" me l'ero chiesto anch'io tante volte. Ma avevo smesso di cercare risposte a un certo punto e spesso mi ero chiesto se avevo fatto la cosa giusta. Non riuscivo ad affrontare il mondo come faceva Sharif, non ce la facevo più a combattere.

Quando il taxi si fermò, Inno gli diede una banconota da dieci e gli disse di tenersi il resto. Scendemmo e, poco prima di avvicinarci alla fila di persone che entrava nel locale, Inno mise una mano sulla spalla di Sharif e gli disse «Ora basta cazzate però». Davanti all'ingresso i buttafuori facevano selezione. Non c'era una regola precisa. Le ragazze entravano tutte e invece per i maschi era più difficile se non erano accompagnati.

«Ma sei sicuro che entriamo?» chiedevo in continuazione.

«Stai tranquillo, non iniziare pure tu a rompere» ripeteva Inno sicuro di sé.

Aveva ragione perché quando il ragazzo all'ingresso vicino alla sicurezza lo vide, lo salutò come fossero amici di vecchia data, e non solo ci fecero entrare senza farci domande, ma ci timbrarono anche il polso per andare e venire dal privé.

Il locale era pieno. C'era gente al bar, ai tavoli, in pista che ballava. Seguivamo Inno che ci disse di stargli vicino mentre salutava parecchia gente che noi non conoscevamo. Noi comunicavamo urlandoci all'orecchio usando le mani come megafoni. Appoggiammo le giacche sui divanetti e poco dopo un amico di Inno rasato e con la faccia lentigginosa chiese a tutti e tre cosa volevamo da bere e si diresse al bar. Ordinai una Vodka Red Bull e mi sedetti osservando la gente che si dimenava attorno a me. «Quando non eri ancora scemo come adesso, noi questa gente la derubavamo» Sharif mi parlò all'orecchio a bassa voce anche se nessuno avrebbe potuto sentirci.

Con le mani indicava davanti a sé.

«Comunque ora invece qualcuno potrebbe derubare noi, visto come cambia la vita?» dissi alzando impotente le spalle, senza voltarmi.

«Penso spesso alla morte ultimamente, ti capita mai?» mi chiese Sharif spiazzandomi.

«Lascia stare, a volte succede anche a me.»

«Voglio smettere di fumare, però dirlo non funziona.»

«A mio parere ci pensiamo perché siamo fatti così, è istinto di sopravvivenza.»

«Tu da quando stai con quella parli in modo strano» mi diede una pacca sulla coscia prima di stringerla con forza. Sharif stava ancora parlando di Anna.

«Ma tu che problemi hai con lei?» gli tolsi la mano.

«Io ce l'ho con te che sei cambiato e hai preferito lei ai tuoi amici.»

«Non dire stronzate» le sue parole mi fecero male.

«Lo vedi questo tatuaggio?» mi mostrò il polso tenendoselo con l'altra mano.

«Sì, lo vedo, ma non capisco cosa c'è scritto.»

Presi il bicchiere e bevvi la vodka tutta d'un sorso come fosse acqua, io che non bevevo.

«C'è scritto "Non cambiare mai"» me lo mise davanti alla faccia.

Una volta Anna parlando mi disse che non era possibile rimanere sempre uguali a se stessi.

«La vita mentre cambia ti ha già cambiato.»

«Ok, avete fatto di nuovo amicizia, ora però andiamo a divertirci» ci interruppe Inno. Ci prese per mano e trascinandoci tra la gente ci portò in pista. Iniziammo a ballare quella musica che da ragazzini schifavamo. Ballavamo abbracciati in mezzo alla pista, spingendoci l'un l'altro.

Mentre mi muovevo tra loro, pensavo che dalle persone che amavo dovevo prendere ciò che loro volevano darmi senza aspettarmi nulla. Che anche se non sapevo voler bene a metà Sharif preferivo averlo a intermittenza piuttosto che perderlo, perché mi piaceva come mi sentivo quando stavamo insieme.

Il telefono vibrò, lo presi in mano, era Anna che mi dava la buonanotte.

Risposi che stavo per tornare a casa e che ci saremmo visti domani. In quel preciso istante Inno mi offrì ancora da bere e Sharif mi passò una canna. Aspirai una lunga boccata e poi feci un urlo sbuffando e tossendo. Ridemmo tutti insieme, io ero felice e in quel momento mi sentivo leggero.

Inno prese per mano la ragazza accanto a sé e la fece ballare. Lei gli pestava i piedi e lui la teneva per i fianchi facendola ondeggiare da destra verso sinistra. Sharif prese l'amica da dietro e iniziarono a ballare pure loro due. Io ballavo da solo, ondeggiavo la testa e le braccia come fossi in mezzo al mare e tenevo gli occhi chiusi. Strappai dalle mani di Sharif la canna e la fumai tutta da solo. Mi urlò «Bastardo!» e gli feci l'occhiolino. Eravamo di nuovo insieme. Di nuovo noi. Ballavo da solo fingendo di stringere una ragazza fra le braccia fino a quando qualcuno non mi toccò la spalla piano, facendomi sobbalzare. Mi voltai e strizzai gli occhi a causa delle luci fluo che illuminavano la pista. Una ragazza davanti a me agitava la mano e mi chiedeva «sei tu?».

«Tu chi?» mi avvicinai e solo in quel preciso momento mi accorsi che era Pau. Aveva i capelli più lunghi, tenuti indietro in una coda di cavallo. Mi tolse la canna dalla mano e fece l'ultimo tiro. Mi abbracciò senza dirmi nulla e salutò i miei amici con entusiasmo. Tornò tra le mie braccia e iniziò a ballarmi addosso lentamente. Non riuscivo a muovermi e per allontanarla le chiesi «come stai Pau?». Si voltò verso di me e all'orecchio appoggiandomi le labbra sulla guancia mi domandò «ti interessa davvero sapere come sto?». Dietro di me sentii una mano toccarmi e la voce di Inno che mi diceva «lasciati andare, dai».

Non so se lo feci perché me lo consigliò lui o perché il sapore di quella ragazza che mi aveva ferito così tanto mi mancava, ma quella sera io e Pau scopammo. Non una volta, ma più volte in camera sua fino a tarda notte. Non ci dicemmo una parola. Venivo e poco dopo lei mi saliva nuovamente sopra e ripartivamo da capo. Ci baciavamo come a toglierci il colore. Lo ingoiava come a volermi fare male con i denti. Mai una volta pensai ad Anna.

Mentre tornavo a casa a piedi però non riuscivo a togliermela dalla testa. Presi il cellulare in mano, digitai il suo numero e me lo portai all'orecchio. Erano le tre del mattino. Dopo un paio di squilli mi rispose.

«È successo qualcosa?» la sua voce era piena di sonno. «Zeta, ci sei?»

«Ti ho tradita, Anna» dissi senza riflettere sulle conseguenze.

«Non so perché, non so perché cazzo l'ho fatto, scusami» iniziai a piangere per la tristezza, per la vergogna. Tutto il dolore che avevo chiuso dentro di me negli ultimi anni stava venendo fuori. Anna riattaccò il telefono. Mi lasciai cadere a terra, rannicchiato contro una macchina parcheggiata. Pensai a quella volta in cui mi disse riferendosi a suo padre "puoi essere anche la persona più importante per me, ma se mi ferisci io sparisco per sempre".

Consapevole di aver perso l'unica cosa bella, piansi mentre la notte si faceva sempre più nera.

60

Altri al mio posto sarebbero corsi subito sotto casa sua e avrebbero fatto il possibile per farsi perdonare ma io non feci niente. Avevo paura di incontrarla e incrociare i suoi occhi. Al lavoro, la mattina dopo, pensai che di lì a poco sarei stato licenziato.

Sentivo in bocca il sapore di Pau e bevevo acqua in continuazione per lavarlo via. Sentivo il suo odore sulla mia pelle. Mi sentivo sporco al punto di grattarmi nei punti dove mi aveva baciato. Il cellulare continuava a vibrare, lo silenziai. Era Sharif che mi cercava da tutto il giorno. Vibrò ancora, stavolta era un messaggio.

"Ho bisogno di te, è successo un casino" lessi e lo rimisi in tasca, ma in quell'istante mi arrivò un altro messaggio, questa volta era Stefania: "È passato Sharif a cercarti dice di chiamarlo appena puoi". Mi dissi che l'avrei chiamato nel pomeriggio subito dopo aver incontrato Anna. Uscii dall'officina, mi feci coraggio e andai a trovarla al lavoro.

Lavorava in un negozio di cosmetici per pagarsi gli studi, non voleva chiedere soldi a sua madre. "Voglio essere indipendente" diceva.

Quel giorno l'aspettai fuori dal negozio e quando mi vide mi parve sorpresa e dispiaciuta.

Parlava con una cliente alla cassa, una ragazza della sua età con i capelli corti e un piercing sul labbro mentre le consegnava il resto e quando si voltò verso la vetrata, vedendomi, smise di sorridere e mi fece un cenno con la testa, spostando subito lo sguardo.

Anna era ferma sul marciapiede bagnato. I capelli le finivano sugli occhi, sorreggeva la borsa su un ginocchio e cercava le chiavi del negozio con entrambe le mani. A debita distanza la osservavo e mi chiedevo se tutte le sere lei finiva così: in quella posizione insolita a cercare un mazzo di chiavi che poteva tenere in tasca, a spostarsi i capelli dagli occhi quando poteva legarli, a sorreggere una borsa che poteva appoggiare per terra e pensavo a quanto eravamo simili nei gesti, perché amavamo complicarci la vita, fare la cosa meno facile per dire al mondo "ce l'ho fatta, da solo" anche quando non c'era nessuno a cui dirlo.

Lungo la strada verso casa provai più volte a iniziare una conversazione con lei ma non ci riuscii. Provai a farla sorridere e sorrisi solo io.

«Non ti voglio» disse.

Neppure io in quel momento mi volevo. Non ero minimamente come avrei voluto essere. Forse era per questo che tutte le persone che amavo decidevano di andarsene.

Anna non parlava. Eravamo vestiti leggeri anche se sembrava fosse arrivato l'inverno. Iniziò a piovere, ma Anna non affrettò il passo per evitare di arrivare a casa bagnata. Al contrario, rallentò fermandosi a ogni semaforo rosso, anche se non c'erano macchine in giro.

«Perché sei venuto?» mi domandò all'improvviso mentre osservava le finestre dei condomini e si stringeva con le braccia il petto per ripararsi dal vento.

Il semaforo era giallo e noi eravamo i soli in tutta la città fermi ad aspettare che scattasse il verde.

«Perché ho fatto un errore» risposi.

«Non hai fatto un errore, hai fatto una scelta. Tradire non è un errore ma una scelta» disse con lo sguardo e il tono di chi parla più a se stesso che ad altri.

«Non ho fatto nessuna scelta e sono qui per dirti che non riaccadrà più» ribattei tenendo la voce calma per cercare di non aprire una discussione.

«Non riuscirò mai a perdonarti e non voglio nemmeno

sapere con chi hai scopato, perché ci hai scopato vero?» mi domandò mentre una lacrima le rigava la guancia e le tremava la voce.

La guardai confuso e come a scusarmi le dissi «sì, ma non riaccadrà più, mai più Anna».

Rimase in silenzio e solo dopo, poco prima di raggiungere casa, scoppiò a piangere divincolandosi dal mio ennesimo tentativo di abbracciarla, allontanandosi di corsa mentre mi diceva che era finita.

«Non posso» mi disse, «non potrei continuare.»

Colto di sorpresa, come a difendermi, domandai «continuare cosa?» e riascoltando le mie parole rimaste nell'aria, dentro di me mi risposi da solo: continuare a voler vicino qualcuno che mi ha ferito.

Anna non correva forte, ma non feci niente per raggiungerla, rimasi fermo a guardarla mentre lei si allontanava.

61

Quando arrivai a casa, sotto ad aspettarmi, seduto sul muretto, c'era Sharif che non appena mi vide mi corse incontro allargando le braccia e urlandomi «ma che cazzo di fine hai fatto? Ma che hai a fare un cellulare se non lo usi?».

Risposi stanco «ero al lavoro, Sharif». Mi posò le mani sul petto per fermarmi. Provai a divincolarmi e lui, senza ritrarsi, mi fermò con violenza. Mi guardò negli occhi e mi domandò «ma non lo sai che è successo?». Continuava a spingermi agitato.

«Perché non mi hai risposto per tutto il giorno?» tirò fuori il cellulare dalla tasca e me lo mise davanti alla faccia.

«Sharif, sono stanco cazzo!» gli urlai contro.

Mi teneva per i polsi e aveva gli occhi lucidi e il respiro affannato. Non l'avevo mai visto piangere e a quel punto decisi di ascoltarlo. Piangeva e parlava mischiando lacrime e parole incomprensibili.

«L'hanno preso… non ho capito bene perché… quelle due troie… dovevamo tornare a casa» diceva disperato.

«Chi, Sharif?» continuavo a domandare senza capire mentre cercavo di tranquillizzarlo tenendolo per le spalle.

Fece un respiro profondo e chiuse gli occhi. Stette in silenzio per qualche secondo. Aspettai che si calmasse. Mentre attendevo teso come una corda, Sharif si schiarì la voce e iniziò a raccontarmi i fatti accaduti la notte prima.

«Quando sei andato via con Pau, noi siamo rimasti nel locale con quelle due ragazze, te le ricordi?» si massaggiava con i palmi aperti circolarmente le tempie e gli occhi.

Feci di sì con la testa e lui continuò a parlare.

«Niente, siamo rimasti a bere e a parlare con loro fino a tardi. Fino a quando l'amico di Inno, quello con le lentiggini, quello che ci ha offerto da bere, non ci ha chiesto di andare tutti a casa sua. Diceva che se non avessimo fatto after ci saremmo divertiti a metà, cose così da bianchi. Inno mi ha detto "andiamo" e io l'ho seguito.»

Fissava il vuoto mentre cercava di ricordare.

«Siamo andati in macchina da lui. Le due ragazze erano ubriache ma sembravano contente. Divertite. Te lo giuro Zero. Nessuno le ha obbligate a venire. Quando siamo saliti in casa dell'amico di Inno loro si sono buttate subito sul letto.»

Faceva avanti e indietro preoccupato, io cercavo di capire dove volesse arrivare.

«L'amico di Inno si è buttato sul letto con loro, e ha iniziato a baciarle entrambe. Loro ci stavano. Inno ha preso il cellulare in mano e ha iniziato a filmare. A guardarle sembrava che non fosse la prima volta. Che per loro due fosse routine finire le serate così. Quel negro di merda diceva "scopale per bene che poi vengo pure io". Anch'io volevo partecipare e quando ho provato ad avvicinarmi lui mi ha fermato dicendomi di aspettare il mio turno.»

«Ok, Sharif, ma quindi?» gli chiesi impaziente.

«Quindi poi ce le siamo scopate tutti. Poi però io me ne sono andato a casa perché non volevo restare a dormire da quel bianco. Inno è rimasto, le ragazze si sono addormentate entrambe subito dopo.»

«Sharif, porca puttana, quindi?» gli urlai contro innervosito.

«Fammi finire cazzo!» continuava ad andare avanti e indietro con i pugni chiusi e i muscoli tirati.

«Stamattina quel bianco frocio di merda mi chiama. Io non so dove ha preso il mio numero. Mi chiama e mi fa che hanno arrestato Inno. Che una delle due ragazze si è trovata nuda sul letto vicino a lui e non si ricordava niente della sera prima. Che mentre Inno dormiva ha chiamato gli sbirri e loro sono arrivati subito. Il bianco di merda dice che era nell'altra stanza e che a lui non hanno fatto niente. Mi fa "gli hanno messo le manette e l'hanno portato via". Quello stronzo non mi ha chiamato per avvertirmi di Inno, ma per supplicarmi di non dire nulla del video se mai dovessero farmi domande. Io a quello lo ammazzo e gli spacco la faccia. Gli scopo la madre a quello, te lo giuro Zero.»

«Quindi hanno arrestato Inno?» chiesi incredulo. «E cosa ha detto la ragazza agli sbirri, lo sai?»

«Ha detto che forse è stata stuprata, che lei non si ricorda nulla.»

Con quelle parole ebbe inizio il periodo più brutto della mia vita. Senza rientrare a casa, andammo subito alla caserma dei carabinieri. Ci dissero che solo i familiari potevano parlare con Inno. Il padre arrivò poco dopo di noi, ci salutò con freddezza e quando uscì da quella porta dopo aver visto il figlio, ci ribadì più volte che non capiva perché tutto questo fosse successo. "Perché non è tornato a casa?" continuava a chiedere.

La notizia arrivò ai giornali che lo presero di mira. In prima pagina trovavamo titoli che alimentavano solo la rabbia dei familiari e di Sharif.

«Giovane calciatore nigeriano della Spal stupra minorenne.»

«Nigeriano tesserato della Spal stupra due ragazze.»

In città il fatto di cronaca divenne pure questione politica e i partiti di estrema destra iniziarono a strumentalizzare la cosa per trovare nuovi elettori tra i cittadini. Organizzarono un corteo in piazza San Francesco e molte persone parteciparono. La gente scriveva su Facebook cattiverie e tirava fuori con nostalgia il periodo fascista.

Non si parlò d'altro che di Inno nei giorni a seguire, mi chiedevano tutti se sapessi qualcosa, mi mandavano messaggi persone a me sconosciute per chiedermi notizie, i giornalisti volevano intervistarmi, chiedermi di quella sera e se lui avesse già fatto cose simili in passato. E mentre noi cercavamo di risolvere la situazione in silenzio, la famiglia della ragazza rilasciava interviste, sfruttava l'attenzione mediatica per alimentare quell'odio che poi si sarebbe rovesciato sulle strade e nelle piazze. Non sapevamo quando sarebbe uscito Inno, non sapevamo niente. Suo padre, poiché ci considerava in parte responsabili, ci teneva all'oscuro di tutto.

Avevo chiesto dei giorni dal lavoro fingendomi malato e mi ero chiuso in casa nella speranza di trovare una soluzione. Sharif quel giorno mi aveva chiamato al cellulare e io avevo risposto subito.

«Hai visto?» mi disse con tono supponente e sprezzante.

«Cosa ancora?» domandai stufo di ricevere altre notizie.

«Gli hanno rescisso il contratto, non giocherà più alla Spal.»

«E perché?»

«Perché ai bianchi non gliene frega un cazzo dei negri, perché quel coglione lentigginoso dovrebbe essere in carcere al posto di Inno. E tu mi volevi far credere che bastava sistemarsi per stare bene in mezzo a loro, vero? Mi dicevi che non dovevo odiarli, che non erano tutti uguali. Dov'è ora la tua Anna? Ti crede quando le dici che il tuo amico negro non ha stuprato quella scema? Ti crede?» urlò così forte che spostai il cellulare dall'orecchio.

Rimasi in silenzio.

«Zero, vai a fare in culo pure tu.»

Sharif riattaccò il telefono.

62

L'ultima volta che ci sentimmo Anna mi scrisse subito dopo:
"Non mi cercare più. Tranquillo, a mia madre non dirò niente". Nemmeno io dissi nulla a Stefania. Anna non mi domandò mai di Inno, cercava di interessarsi il meno possibile di qualunque cosa mi riguardasse, con l'intento di sparire
dalla mia vita. Dove trovava tutto quel coraggio? Lei diceva che le relazioni non finivano quando finiva l'amore, ma
la pazienza. Pensavo "davvero Inno era rimasto in carcere
solo perché era nero?".

"Davvero è così difficile perdonare?"

"Perché quella sera non sono stato zitto?"

"Tanto lei non l'avrebbe mai scoperto."

Il sentimento che provavo per lei era così vero che se
l'avessi capito prima l'avrei stretta più forte. Io pensavo
che le sarebbe passato o che il dolore che provavo si sarebbe alleviato. Ma lei se n'era andata come i sorrisi che nella vita non avevo saputo trattenere. Non mi rispondeva al
telefono e i miei messaggi non li visualizzava. La mia vita
mi stava stretta, non riuscivo ad abituarmi, a viverci, mi
sentivo come quando da bambino sulla spiaggia insieme ai
miei compagni entravamo entusiasti in acqua e loro decidevano di spingersi fino a dove non toccavano con i piedi.
"Andiamo al largo" dicevano indicando più in là che potevano. Io li seguivo, consapevole di non saper restare a galla e sbracciavo più degli altri quando il mare mi inghiot-

tiva per poi rinunciare e tornare indietro, ma stavolta non era possibile.

Erano due settimane che non ci sentivamo. Certi giorni sembravano un anno. Non riuscivo a dormire. Sentivo ogni cosa amplificata e i rumori delle macchine sull'asfalto che arrivavano dalla finestra erano insopportabili. "Una notte al chiuso è buona se fuori è freddo, se è solo fuori il trambusto" mi avevano detto una volta al lavoro. Il cuore mi pulsava in testa e il silenzio era pieno di voci che parlavano e chiedevano di Anna, altre di Inno. Chiedevano un finale diverso, meno prevedibile. Non avevo risposte, avrei voluto distrarmi, prendere sonno. Non riuscivo a stare seduto ed era un po' come se tutto fosse sopra di me. Quella notte, mi svegliai di colpo tremante e col respiro affannato. Ero tutto sudato e attorcigliato in un ammasso di lenzuola. Ero andato a letto presto anche se il giorno dopo avrei fatto la notte. Iniziai a cercare il cellulare per terra con la mano senza guardare fino a quando non lo trovai. Chiamai Sharif ma non rispose, il telefono squillò a lungo. Aspettai qualche secondo e riprovai così per altre tre volte. A quel punto digitai il numero di Anna, squillò a lungo ma nemmeno lei rispose. Sospirai e mi misi a pancia in giù, la testa sotto il cuscino nella speranza di addormentarmi. Dopo qualche minuto il cellulare vibrò per il tempo di un messaggio.

"Non mi cercare più" mi scrisse di nuovo Anna.

63

«A lunedì, allora» dissero delle voci lontane.

Fuori si era già fatto buio. Mi voltai e salutai dicendo a mia volta «a lunedì» chiudendomi la porta alle spalle. Anche quella sera la madre di Anna non c'era.

"Chissà dov'è?" mi chiesi guardandomi attorno più volte.

"A te ci penso io, non ti preoccupare" mi aveva detto la madre di Anna, la prima volta che avevamo parlato di quel posto libero nella sua officina e fu veramente così. Non ero abituato alle promesse mantenute. Alle parole che diventano fatti. Io ero abituato a mio padre, a mia madre, ai miei zii che si riempivano la bocca di parole per poi dimenticarsene. "Ti comprerò un motorino quando farai sedici anni" mi aveva promesso mia madre. Ma al mio quattordicesimo compleanno nemmeno si presentò. Continuai ad aspettarla per tutta la sera convinto che sarebbe arrivata all'ultimo e che saremmo andati subito a fare un giro per le vie del quartiere. Il mio primo giorno di lavoro, come quella sera del mio compleanno, piansi.

Ma quelle furono lacrime di gioia, perché potevo finalmente permettere a mia sorella quella tranquillità che lei fingeva di aver smesso di cercare. "No, non ho bisogno di niente" diceva sempre con i capelli scombinati e quel pigiama azzurro che le copriva le forme.

Mentre tornavo alla mia postazione perché avevo dimenticato i guanti nel cassetto, Luca, il mio collega, mi chiese con tono dispiaciuto «ma vai davvero a piedi?». «Ma ti accompagno io se mi aspetti, dai» mi propose con tono gentile mentre lavorava il bordo di un pezzo di ferro con una lima metallica. Non so perché ma rifiutai, forse convinto che avrebbe insistito, forse perché la vita mi aveva insegnato così. Mi aveva insegnato a evitare la possibilità che in un futuro prossimo le persone potessero rinfacciare. «Ma la tua bicicletta dov'è finita?» mi chiese mentre mi avviavo verso l'uscita.

«Lù, me l'hanno rubata» risposi ridendo amaro senza voltarmi. Infilai le mani in tasca, controllai di non aver dimenticato altro e mi diressi verso casa.

La bici me l'avevano rubata dei ragazzi più giovani sotto casa pochi giorni prima e non ero stato abbastanza svelto per riuscire a fermarli.

Però li avevo visti ed ero convinto che sarei riuscito a rintracciarli tramite amicizie comuni, chiedendo in giro se ci fosse qualcuno con una bicicletta da vendere. Sharif quei ragazzi che rivendevano le bici li conosceva tutti, avrei chiesto a lui appena si fosse calmato.

Era la prima volta, da quando lavoravo nella zona industriale, che a quell'ora mi facevo a piedi tutta quella strada. Come all'andata mi feci coraggio dicendomi che avevo bisogno di camminare, osservare i luoghi in cui ero cresciuto e i punti dove quando ero più piccolo andavo a rifugiarmi. Alle mie spalle, dietro le pareti di stucco macchiate, altre voci concitate e confuse continuavano ad accavallarsi.

Non si sentiva solo parlare, ma anche rumori di macchinari e ferro che batteva.

Camminavo a passo svelto per la via fangosa e popolata di fabbriche abbandonate e indicazioni stradali arrugginite. Indossavo un giaccone enorme color grigio cenere e una sciarpa nera che mi copriva la metà inferiore della faccia.

"Arriverò a casa tra una mezz'ora" mi dissi dopo aver guardato l'orologio. Il centro era pieno di persone.

Era sabato ma io l'avevo rimosso perché negli ultimi tempi non guardavo mai il calendario e non davo peso a nulla che non fosse il lavoro. A nulla che non fosse Anna.

Come tutti i sabati gli universitari che restavano in città occupavano i pub e i locali notturni riempiendo le vie del centro.

A volte i residenti si lamentavano per la confusione e qualche rissa. La polizia interveniva tempestivamente, ma nessuno di loro veniva arrestato. Gli uomini in divisa cercavano il dialogo, non costringevano nessuno a sdraiarsi per terra con una pistola puntata alla testa. Odiavo gli sbirri.

Nel mio quartiere i più grandi li chiamavano "i negri" perché i negri nella società in cui eravamo cresciuti erano il livello più basso, lo schifo, e per noi chi portava la divisa era quello. I più grandi parlavano di negri e loro, che non capivano, ridevano del fatto che dei negri parlassero con toni dispregiativi di altri negri. Quando salivano le scale dei nostri condomini, sfondavano le porte della gente senza porre domande e quando lo facevano, deridevano chi non parlava bene la loro lingua e si dicevano a vicenda "che ha detto questo?".

Avevamo imparato da piccoli a odiarli, quando violavano le nostre proprietà e trattavano i nostri genitori come stupidi. Il mio quartiere era lontano dal centro, dove per tutte quelle persone ben vestite la città finiva. Camminavo pensieroso accanto agli studenti. Pensavo a Inno, a quanto mi sentivo impotente. A Sharif che aveva deciso di rinunciare alla nostra amicizia e a Claud che in poche settimane sarebbe atterrato e tornato in tutto questo delirio che era la nostra vita. Arrivato in quartiere mi accorsi che lì invece non c'erano macchine per strada, solo qualche scooter. Le luci gialle e bianche che arrivavano da dentro le case mi davano l'idea che il posto dove ero cresciuto, a differenza del centro dove tutti mi guardavano sospettosi, fosse troppo stanco per accorgersi di me.

Un po' come se la mia essenza si mimetizzasse con il degrado. Mi guardai attorno e iniziai a ricordare tutti quei momenti passati in ogni angolo e metro quadro di ogni marciapiede, di ogni panchina e parco. Mi venne in mente quando, da ragazzini, la notte era un momento tutto per noi e andavamo sul tetto del mondo a urlare come matti. Avevamo quattordici anni e credevamo fosse un vanto essere "di strada".

Lo mostravamo a tutti, mostravamo ogni nostra mancanza, le ossa sotto la pelle e gli occhi rossi.

Ci sentivamo eredi di panchine consumate e cucine con al centro fornelli arrugginiti. Guardavamo gli altri come a dire "tu non sei di strada". Parlavamo di lei come fosse nostra madre, come se ci avesse cresciuto. In parte era vero. Avevamo solo quindici anni e non sapevamo che una madre non dovrebbe mai uccidere i suoi figli, non dovrebbe mai barattare il loro futuro con la galera. Ero a pochi passi da casa quando sentii delle voci provenire dall'altra parte della strada. Erano voci di ragazzi che tuonavano parole offensive. Mentre mi avvicinavo il cuore cominciò a battermi furiosamente e provai un forte senso di nostalgia. Nostalgia per la convinzione rassicurante di mio padre quando diceva che l'unico modo per garantirsi un futuro era andarsene via dal quartiere. "Perché se nuoti nel fango, alla fine ti sporchi" si lamentava alla guida, le poche volte che aveva portato me e mia sorella a scuola. Il fango erano tutte quelle situazioni che non potevamo gestire. I furti sotto casa, la cocaina e le prostitute come vicine, la nostra pelle nera. Nostro padre però aveva ragione: un uomo solo nella giungla diventa animale. E noi nelle nostre costanti solitudini non saremmo diventati altro che criminali. A questo stavo pensando quando mi arrivò un messaggio di Stefania che era appena rientrata.

"Mangi a casa?"

Non le risposi, infilai di nuovo il cellulare in tasca e continuai a camminare. Davanti a me comparvero tre ragazzi incappucciati che trascinavano un loro coetaneo fuori da un auto urlandogli contro «stai fermo!». Lo immobilizzarono a terra e iniziarono a colpirlo ovunque mentre uno di loro perquisiva la macchina. Io cercavo di capire chi fossero quelle persone dato che nel quartiere conoscevo tutti.

I tre ragazzi erano vestiti di nero e uno era vistosamente più basso degli altri. Quando tra loro riconobbi Sharif, ebbi come un mancamento.

Urlai il suo nome e senza pensarci mi lanciai verso di lui intenzionato a riportarlo a casa. Quando riuscii ad afferrarlo per il braccio, da una via laterale sbucarono delle volanti con le sirene accese. Qualcuno li aveva chiamati. «I negri!» iniziarono a gridare tutti, «i negri!». Sharif si liberò dalla presa e corse nella direzione opposta. Provai ad andargli dietro quando mi resi conto un poliziotto mi aveva puntato urlandomi contro «ehi tu!».

Per salvarmi cercai di seminarlo. Correvo così forte che non mi accorgevo delle cose contro le quali sbattevo. Immerso in quel fango da cui mio padre non era mai fuggito.

Dalle finestre, qualcuno, attirato dal suono delle sirene, si affacciò e in quartiere la parola "Polizia" divenne quasi un coro. Le vie mi scorrevano sotto i piedi mentre, cercando un vicolo dove rifugiarmi, in quel luogo che conoscevo a memoria, intravvidi un volto familiare che procedeva nella direzione opposta alla mia. Mille nomi mi girarono in testa fino a quando non pronunciai quello giusto. «Diabry!» urlai fermandomi un secondo.

«Diabry!» urlai ancora, avevo il fiato corto e posai i palmi sulle ginocchia per la stanchezza.

Diabry era il fratello di Claud e da quando lui era partito ci vedevamo meno. Faceva l'ultimo turno come me e, ogni tanto, al rientro in bici, facevamo un pezzo di strada assieme. Sgranò gli occhi, ma non mi riconobbe. La strada ci divideva e lui guardava verso di me senza capire chi fossi. Mi ricordai in quell'attimo della sciarpa che portavo sul viso e me la tolsi esclamando «Pezzo di merda, sono io!» ma proprio in quel momento il faro di una volante mi accecò e nel giro di pochi secondi mi ritrovai circondato e con due pistole puntate contro. Il fango mi stava affogando, non arrivava più sotto alle ginocchia ma riempiva i polmoni e bagnava i capelli. Mi misi in ginocchio, lentamente, tenendo le mani bene in vista.

Impaurito provai a spiegare che non c'entravo niente e che mi ero fermato solo per vedere cosa stava succedendo, senza mai citare il coinvolgimento di Sharif. Il poliziotto mi urlava contro senza ascoltare, sputava per terra e insinuava non capissi l'italiano.

«Questa volta non la passate liscia, state combinando troppi casini in questa città voi» parlava al plurale come se io avessi già avuto a che fare con lui, come se il fatto che fossi nero mi rendesse membro di una gang. «Non ho fatto niente» ribadii, convinto che mi ascoltassero. A quel punto uno di loro mi diede uno schiaffo per farmi stare zitto.

Istintivamente mi alzai di scatto verso di lui. «Ma che cazzo fai!?» esclamai. Allora mi immobilizzarono e iniziarono a prendermi a pugni e calci anche mentre ero a terra. Urlavano «negro di merda» e mi sputavano addosso. I calci partivano da lontano per arrivare al ventre. Non mi muovevo più ma uno dei poliziotti, non ancora soddisfatto, mi sferrò una manganellata in faccia, spaccandomi il labbro.

E una seconda sulla nuca. Fino a quel momento non mi ero accorto di quale minaccia fossi per loro. Senza chiedermi niente avevano deciso per me e destinato al mio futuro un museo di tragedia. Sentivo le parole di mio padre, le urla di mia sorella quando non lo sopportava più, sentivo correre Inno, Claud, Sharif e le voci che arrivavano dai piani più alti dei condomini popolari. Mi sentivo come chi per una vita si è portato l'oceano addosso e per la prima volta si sente annegare.

Sentivo la voce di mia madre che mi ripeteva "i bianchi nei neri vedono sempre qualcosa di cattivo".

CLAUD

Il 2 novembre sono arrivato da Marsiglia.

Me l'hanno tenuto nascosto per non farmi soffrire, mi hanno detto. Non ho reagito sentendo quelle parole, sono rimasto immobile a guardare un punto al di là del vetro dell'auto di mio fratello. Non c'era rimedio, l'avevamo perso e non ci sarebbe stata nessuna rivincita. Non avremmo potuto fare come da bambini che insistevamo fino a quando non convincevamo tutti a giocare di nuovo dopo una sconfitta.

Sharif ha tentato il suicidio ma non ci è riuscito. Non ha avuto il coraggio di andare fino in fondo. Continua a ripetere, senza spostare gli occhi dal pavimento, che è colpa sua, che gliel'hanno portato via. Io penso invece che sia la vita a toglierti le persone. Penso che la strada non ami i suoi figli, perché nessuno ti ama ignorandoti.

Nessuno ti ama senza lasciarti sprazzi di futuro.

Inno invece l'hanno liberato poco dopo quella notte, non per giustizia, ma perché si sono sentiti in colpa. Perché per mano loro è morto un suo amico. E nei suoi occhi ho visto la paura di non saper da dove ripartire. "Non sarò mai innocente finché resterò qui" ha detto a un giornalista con gli occhiali troppo spessi. Mi chiedo: potremo mai sentirci liberi? Fidarci senza il timore di far paura?

Anna l'ho vista per pochi minuti. Indossava un abito nero e piangeva con tutta se stessa. Non ho avuto il coraggio di parlarle, di dirle quelle cose banali che si dicono a chi in realtà non ha bisogno di te.

Stefi e suo padre non si riprenderanno più e io non so che dire a loro che avrebbero tanto bisogno di una parola. Perché ci sono parole che parlano all'anima. Che bastano per non morire.

Siamo stati felici fino a quando il nostro Paese è stato il nostro quartiere.

Non appena ho avuto la certezza che sarei tornato, ho creduto davvero che sarebbe potuto essere per tutti un periodo migliore, come quando, da bambini, credevamo alle cose belle, alle persone che poi si sono rivelate sbagliate, alle soluzioni apparenti. Eravamo sopravvissuti a tutto mentre intorno a noi moriva ogni cosa. Morivano i marciapiedi, i nostri coetanei perché troppo impazienti e sfollavano le case popolari mentre noi giocavamo a essere felici.

Non tornerò più qui. In questo Paese che è il motivo per cui scapperò sempre e non vorrò mai affezionarmi. Questo Paese che ci ha tolto l'adolescenza, perché noi non abbiamo mai avuto la nostra età.

Tanti auguri Zero, avrei voluto dirti di più, ma forse sarebbe stato più giusto farlo prima.

Christian Mpasi è morto il 19 ottobre intorno alle 23.30 dopo una colluttazione con la polizia che cercava di mettergli le manette ai polsi.

Secondo quanto riportano i media locali, i parenti del ragazzo non sarebbero d'accordo su questa versione dei fatti e sosterrebbero invece che i poliziotti, tutti bianchi, avrebbero fatto violenza durante l'arresto. Il ragazzo non aveva ancora compiuto diciott'anni.

SIAE | DALLA PARTE DI CHI CREA

Aut. DD - 80 - 2018

Mondadori Libri S.p.A.

Questo volume è stato stampato
presso ELCOGRAF S.p.A.
Stabilimento - Cles (TN)

Stampato in Italia - Printed in Italy